KB018476

스마트소설
박인성
문학상

2
0
1
8

수상작품집

스마트소설
박인성
문학상

2
0
1
8

수상작품집

2018 제6회 수상작품집

스마트소설박인성문학상

수상작

주애보의 무지개

문학나무

수상자 곽정효 수상작 주애보의 무지개 신작 유리 시간 | 왼손 가위

주애보의 무지개

김구 선생 위장결혼 여자 이야기

스마트소설
박인성
문학사

2018 제6회
스마트소설박인성문학상
수상자
곽정효

심사평

한국근대사의 한 심장소리

치열한 영혼으로 개인 한몸을 아끼지 않고 나라와 민족을 위해 목숨을 내놓은 위대한 인물들을 우리는 기억해야 하고 또 그들을 기리는 글을 써야 한다.

곽정효의 스마트소설 「주애보의 무지개」는 김구에 대한 짧은 피신 일기이다. 아니 이 민족의 설운 시절 낙백의 빛나는 한 심장소리 복원이다. 따라서 이 나라 근대사의 아주 빛나는 역사 현실을 아름답게 장식한 이야기로 의미가 깊다. 지금까지의 수상작과 그 소재와 주제가 전혀 다른 작품을 선한 까닭은 앞으로 스마트소설이 독서대중과 함께하는 길을 모색하기 위함임을 밝힌다. 박인성이 살아생전에 그렇게나 존경했다던 김구 선생 이야기에 상이 주어진 것은 결코 우연만은 아닐 것으로 믿는다. 수상을 축하한다. ✆

— 본심 위원 | 정현기(집필) 윤후명 황충상　— 예심 위원 | **주수자 양진채 김효숙**

생각할수록 과분하다

시집을 두 권 냈고, 장편소설 『두물머리 사람들』 『하느님과 씨름한 영혼』을 출간했다. 초보는 면했지 싶은데도 이 짧고 날카로운 스마트소설 앞에서는 초심으로 돌아갈 수밖에 없다.

5년 동안 〈스마트소설박인성문학상〉 수상 작품집을 읽고 또 청탁한 스마트소설을 쓰기도 했다. 이제 겨우 스마트소설이 갖는 매력을 조금 알아가는 처지인데 수상 소식이 왔다. 생각할수록 과분하다. 정진의 계기로 삼으라는 심사위원님들의 배려에 감사드린다. 새 장르 문학 스마트소설이라는 나무를 심는데 온 마음을 쏟아 배려에 합한 글을 쓰리라 다짐을 둔다. ✦

수상작

주애보의 무지개

나는 일경에게 쫓기는 몸이오. 언제 무슨 변을 당할지 모르는 큰 현상금이 걸린 사람이오. 그래도 나와 위장결혼을 하겠소? 물었을 때 당신의 순한 눈에 반짝 빛이 솟았소. 그리고 그 눈의 말이 어느새 내 가슴에 와 별이 되었지요. 둥근 원광을 두른 별은 우리가 함께 지낸 5년 동안 늦은 밤 산길도 비춰주고 일경에게 쫓기는 나의 두려움도 거두어주었소. 광동인을 칭하고 다니다가 불심검문하던 군관이 '어, 내가 광동인인데―' 했을 때 당신은 무지의 덕으로 나를 캄캄한 어둠에서 건져내었지요. 또 있지. 보안대에 끌려갔을 때 저보성의 아들이 보증을 서준 것도 다 당신이 다리를 놔주었더군.

1936년 남경으로 옮겨 갔을 때도 당신이 뒤따라오지 않았더라면 일경이 보낸 암살대에 무슨 일을 당했을지? 아찔한 순간순간 당신은 언제 어디서고 나의 다리가 되어 주고 입이 되어

주고 지팡이가 되어 주었어요. 그리고 조금만 불길하다 싶으면 온종일 나룻배를 저어 호수의 경광을 돌고 돌다가 밤이 되어서야 집으로 돌아오곤 했지. 나이 겨우 스물이었지만 당신은 나에게 사랑의 붉은 보석 빛을 뿜는 천사였소.

상해 법과대 총장 저보성의 설득에 주애보의 아버지는 잠시 망설이는 빛을 보이다가 이내 고개를 끄덕였다.

"하늘이 내린 뜻을 딸아이도 따를 겁니다."

주애보는 아버지 앞에 불려갔다.

"좋은 사람이란다. 꼭 지켜주고 싶은 사람이다. 아니 지켜주어야 할 사람이다. 홍구공원 의거사건 이후 일경이 그를 지목하고 바짝 죄어 오고 있다. 너와 위장결혼이 그를 살릴 방편이란다. 그가 뱃일하는 너를 지켜보고 마음을 낸 것을 그의 뜻이 아니라 하늘의 뜻으로 여겨라. 중국도 비슷한 상황으로 치닫고 있다. 남의 일 같지 않아 너의 뜻을 먼저 묻지 않고 아비가 위장결혼을 승낙했다."

말이 난 지 이틀 만에 주애보와 그의 위장결혼은 자연스러운 현실이 되었다. 아버지는 주애보에게 겉으로만 부부인 척하면 된다고 몇 번이나 말했다. 처음 저보성으로부터 수배자라는 말을 들었을 때 주애보는 두려웠다. 그리고 부끄럽기도 했다. 아무리 위장결혼이라지만 아버지뻘의 남자가 아닌가?

그러나 그의 얼굴을 보는 순간 주애보의 마음은 순식간에 녹왔다. 따뜻한 눈이 너무도 선량해보였다. 저보성처럼 '고맙다, 은혜로 알겠다' 하는 말은 하지 않았다. 하지만 눈빛에 그 이상의 마음이 다 들어 있었다. 그는 손수 차를 탄 찻잔을 두 사람 사이의 다탁 중앙에 놓았다. 찻물이 잠시 흔들렸다. 두 사람의 감정이 찻물에 녹아들었다.

"자, 듭시다. 우리의 위장결혼을 지키는 마음의 잔입니다."

그가 찻잔을 들어 주애보에게 건넸다. 찻잔을 반쯤 비웠을 때 그는 임시정부 헌법이 빈부와 신분의 귀천을 구별하지 않는다는 말을 했다. 그리고 이어 여자 광복군들이 많은데 남녀평등을 꿈꾼다며 그가 웃었다. 웃는 모습이 그저 농사를 지으며 순하게 살 사람 같으면서도 조국이 사라지고 민족만 남은 슬픔으로 어깨가 무거워 보였다.

그는 총보다 무서운 결기를 앞세우고 뛰어다녔다. 항상 맨주먹으로 바위를 깨겠다는 집념이 엿보였다. 그런데도 마음은 따뜻했다. 함께 밥을 먹을 때, 길을 걸을 때, 나룻배에 오르고 내릴 때조차도 여느 사람에게서 느껴보지 못한 온기가 느껴졌다. 언제부턴가 주애보는 자신도 모르게 '아, 내가 그의 진짜 아내라면!!' 하는 생각을 하게 되었다.

주애보가 배를 저어 강물을 거슬러 오며 흔들리는 마음을 애써 가누었다. 그때 그가 '당신은 이 강물의 주인이고 나의 주인이오.' 하고 그녀의 중심을 붙들며 자애의 눈길로 바라보았다. 그 눈의 말을 그녀는 읽었다.

'그래요. 많이 어리지만 저는 당신 주인 맞아요.'

1937년 여름, 중일전쟁이 발발하고 임시정부가 후난성으로 이동하면서 그들의 위장결혼은 나뉘어졌다. 그는 백여 명의 동지들과 한몸이 되어 그녀 곁을 떠나갔다. 태극의 사랑을 마음에 새긴 붉은 보석 같은 주애보, 하지만 그는 그녀를 돌아볼 여유가 없는 사람이었다. 동지들보다 앞서 조국의 독립을 위해 그는 목숨을 내놓아야 했다.

주애보는 그와 헤어진 후 혼담이 있었지만 모두 거절했다. 오히려 그녀의 마음은 더욱 분명해졌다.

'그는 내게 무지개를 걸어주고 간 사람이다. 내가 나룻배를 저으며 일으키는 물보라가 그의 꿈과 만나 무지개가 되었던 것을 그도 알까?'

시간이 지날수록 그는 주애보의 마음속에서 커졌다. 그녀는 지그시 눈을 감고 속삭였다.

'이제 제 마음속에서 당신을 뽑아낼 수가 없어요. 부디 조국을 되찾는 큰 뜻 이루셔요.'

화답처럼 주애보는 환상을 보았다. 그의 태극의 가슴에서 뿜어진 빛이 그녀의 마음에 무지개를 걸어주었다. ✻

✻주애보(주아이빠오) _ 백범 김구가 위장결혼하여 5년간 동거한 중국인 처녀 뱃사공.

수상자 신작 스마트소설

유리 시간 외 1

선반에 모인 우리들의 소망은 깨지지 않는 것이었다. 너나없이 오래도록 반짝이며 살 수 있기를 바랐다. 환경도 쾌적하고 주인도 너그러웠다. 하루에 몇 번 찻물을 나르고 나면 느긋하게 이야기를 나눌 수 있었다. 한가한 만큼 이야기꽃이 풍성했는데 깨소금은 단연 깨지지 않는 유리병이었다.

"옛날에 한 과학자가 깨지지 않는 유리병을 만들었대. 제일 먼저 그걸 들고 왕 앞에 갔대. 깨지지 않는 유리병을 받아 든 왕은 칭찬하며 큰 상을 내리고 돌아가는 길에 자객을 보내 죽였대."

"왜?"

"또 만들면 안 되니까. 깨지지 않는 유리병은 이 세상에 하나뿐이어야 하고 왕 외에 다른 사람은 가지면 안 된다는 거지."

"저런 고약한 왕이 있나?"

"왕은 다 그럴지도 몰라. 그런데 인간들은 대부분 다 왕이 되고 싶어 한대. 다른 사람 위에 군림하고 싶고 참고 싶지도 않고 지고 싶지도 않고 그리고 영원히 살고 싶어 한대."

"우리도 깨지지 않고 오래 살고 싶잖아? 그리고 영원히 살 것처럼 살고 있잖아?"

"난 유리답게 살 만큼 살다가 깨질 때 쨍그랑!! 소리 한 번 크게 울리며 떠나겠어."

반짝거리는 친구들은 그렇게 늘 서로 서로를 비춰주었다. 주방의 불이 꺼질 때쯤이면 우리 사이에서 깨지지 않는 유리병 이야기는 점점 기어들었다.

식구가 늘고 부름을 받는 일이 잦아지면서 서로의 얼굴을 보는 시간이 줄었다. 여기저기 불려 다니며 향기며 은은한 색이며 감미로운 맛이며…. 우리가 나르는 것들에 점점 예민해져갔다. 너무 뜨겁지 않게, 그렇다고 너무 닝닝하지 않게, 너무 진하지도 너무 연하지도 않게, 무엇보다 찻물에 누가 되지 않게. 절대로 자신을 돋보이게 하지 말고 오로지 찻물만을 위해 투명함을 지킬 것, 쏟아지는 덕목을 명심하며 오가는 동안 어느새 내 몸은 내가 나르는 찻물들과 하나가 되어갔다.

"있지, 오늘 어려운 말을 들었어."

"무슨 말인데?"

"아무리 딱딱하고 모난 것들도 녹아서 섞이면 물이 된다는 거야. 어려운 말로 융합은 물이래나."

"그게 무슨 어려운 말이야. 가장 간단한 말이지."

"아니, 우리야 늘 물만 담아 전해 주니까 실감을 못하는 거지 딱딱하게 굳은 몸으로 사는 치들은 물이 되는 게 쉬운 일이 아니래."

"나도 들어봤어. 그 융합이란 게 마주 있는 것들의 딱 중간이 되어야 한다더라구."

"내 단골들도 그런 말을 했었어. 결국 걱정대로 되고 말았지만. 둘은 단짝이었는데 그중 한 사람이 자리를 높이 앉으면서 기울기가 생기고 중간이 깨졌지. 우리만 아슬아슬 깨질까 두려운 줄 알았는데 중간이라는 것도 못지않게 아슬아슬하더라구. 약간의 기울기나 각도도 받아들일 줄 모르던 걸."

기억력이 유난히 좋아 전생의 일까지 다 기억하는 건너편의 토기土器가 끼어들었다. 저도 깨지지 않는 것을 삶의 목표로 삼고 있는 것은 똑같은데 은근히 선반 위의 별종인 양 잘난 척이다. 주인 때문일 것이다. 특별한 손님에게만 그를 내놓으니.

자주 사람들이 만나는 자리에 불려 나가면서 우리는 신기한 것도 많이 알게 되었다. 간혹 싸우는 사람, 슬픈 사람들 앞에 앉아 있어야 하는 곤혹스러운 경우도 있었지만 세상에 대해 정말 많은 것을 배우게 되었다.

"저 사람들의 머리라는 게 말야, 용량이 크거나 그래서 좋은 게 아니래. 세포들을 이어주는 그 무엇에 따라 달라지는 거래.

우리도 크다고 다 좋은 게 아니잖아?"

작은 유리잔이 그런 이야기를 듣고 와서는 들뜬 목소리로 수다를 떨었다. 스스로 위로가 되는 모양이었다.

"그게 사실이라면 우리는 저 인간들을 이어주는 일을 하고 있으니까 아주 중요한 존재겠네."

"그러니까 인간들이 만나기만 하면 우리부터 찾잖아."

어느새 자긍심이 높아졌다. 안타까운 건 맑은 빛이 점점 사라지고 너나없이 조금 탁해지고 심지어는 거들먹거리기까지 한다는 것이다. 주인이 준 것을 전해줄 뿐이면서 마치 내가 주는 것처럼 도도하게 손님을 향해 출렁거리기 일쑤였다. 찻물이 나의 일부고 그 주인은 당연히 나라고 생각하게 된 것이다.

어떤 때는 찻물이 담기지 않은 나는 나 같지 않다. 말갛게 씻겨 선반에 놓이게 되면 내 몸이 마치 혼이 빠져 나간 빈껍데기인 것 같고 허전하고 편안하지가 않다.

주인의 가게가 유명해지면서 물마를 틈 없이 불려나간다. 찻물을 쏟지 않고 적당히 출렁거리며 손에서 손으로 옮겨지는 시간이 빨라지고 있다.

장미 무늬가 부쩍 혼잣말이 늘었다. 마른 입술이 다가왔다 멀어질 때 전생의 누군가를 만난 듯 가슴이 뛰더라고 하더니 모래가 날아다니는 꿈을 꾸었다. 아무래도 처음 살던 곳이 모래였던 것 같다고 말했다. 유리가 되기 위해 불을 입었다는 기억도 찾아냈다. 찾아내는 기억들은 투명한 몸에 빗금을 그어댔다. 우리는 그가 더 이상 찻물을 위해 살 수 없으리라는 것을 알았다. 그래도 그가 사람들 앞에서 찻물을 토해내며 깨진 것은 충격이었다. 너무 갑작스러웠다.

우리가 언제까지 깨지지 않을 수 있을까? 나는 아직 유리다. 하지만 나는 내가 유리라는 사실에 의심이 많아졌다. 처음으로 다른 무엇이 되어가는 중일 수도 있다는 생각을 해 본다. 언제까지고 깨지지 않고 반짝이는 유리잔이고 싶다는, 선반 위 동료들을 올려다본다. 번쩍, 빛 한 줄기가 눈을 찌른다.

왼손 가위

어머니는 몸속에 번지고 있는 암 덩어리를 그냥 두겠다고 고집을 부렸다. 칼을 대거나 항암치료를 하는 대신 친구로 삼겠다는 말이었다.

"하는 데까지 해 봐야지, 치료도 제대로 안 해 보고 그냥 당한단 말야?"

동생은 펄쩍 뛰었지만 나는 어머니 뜻대로 해 주고 싶었다.

"만약 내게 모진 병이 찾아온다면 나도 어머니처럼 일상 속에서 죽고 싶다."

　나까지 단호하게 막아서자 동생도 더는 병원을 고집하지 못
했다. 지금은 동생도 어머니가 옳을지도 모르겠다는 생각을 하
기 시작하는 것 같았다. 어머니는 그럭저럭 평상을 유지하면서
일 년을 넘게 버텼다. 몇 달이라고도 말하기 어렵다는 의사의
말에도 어머니는 의연했다.

　"수술을 하거나 항암치료를 했다면 모르긴 해도 지금보다 안
좋았을 거 같지?"

　동생은 노인이라 암세포도 잘 자라지 않는 모양이라고 말했
다. 병원 측의 판단과 달리 어머니가 오래 버텼으므로 동생도
나도 내심 신기하게 여기고 있는 중이었다.

　"어머니가 화상을 입었다고? 어쩌다?"

　나는 동생의 전화에 힘이 쭉 빠졌다. 올 것이 왔는가 싶었다.
어머니의 죽음이 눈앞으로 확 다가온 느낌이었다.

　"아니, 아니야. 누나, 그냥 오른손만 좀 다친 거야."

　동생이 서둘러 불을 껐다. 어머니는 가스 불 위의 냄비가 벌
게지도록 방치해 두었다가 타는 냄새에 놀라 달려갔다, 급하게
개수대로 옮기다가 손을 잘못 짚어 화상을 입었다고 했다. 동
생의 말처럼 화상은 별거 아닐지도 몰랐다. 하지만 나는 그것
이 어머니의 기억력도 몸의 균형감각도 깨지고 있다는 사실을
말해 주고 있는 거라고 생각했다.

　하던 일을 팽개치고 달려갔다. 어머니는 오른손을 싸매고 있
었다. 엄지와 검지가 심했다. 한숨 돌리고 나오는데 어머니가

뜬금없이 왼손 가위를 가져다 달라고 했다. 시집올 때 내가 가지고 온 가위였다.

어머니도 나도 왼손잡이였다. 하지만 어머니는 왼손을 쓰지 못하게 하는 엄한 교육을 받아왔는지라 왼손을 쓰지 못했다. 밥을 먹을 때도 글을 쓸 때도 오른손을 써야 했다. 억지로 오른손잡이가 되었다. 어머니는 손재주가 남달랐다. 바느질로 평생을 살아왔다. 지금 시대가 어느 땐데 한복을 짓고 수를 놓느냐고 타박을 주는 사람들도 있었지만 어머니의 수와 바느질은 인정을 받았다. 무형문화재 말이 나오고 있었다. 동생도 나도 어머니의 수를 아꼈다. 수를 보는 안목이 없었음에도 어머니의 작품 앞에서 감탄했다. 하지만 어머니는 늘 어딘가 미진한 듯 아쉬운 표정을 보이곤 했다.

집안의 강압으로 오른손잡이가 된 어머니는 가끔 왼손으로 바늘을 잡아 보곤 했다. 나는 어머니의 왼손이 놓은 수가 궁금했다. 어머니의 가슴 밑바닥에 숨어 있던 깊은 감성들이 튀어나올지도 모른다는 은근한 기대마저 있었다. 하지만 어머니의 왼손은 오랜 침묵으로 무뎌졌는지 어머니의 손이라기엔 거칠었다. 어머니의 왼손? 별거 아니구나, 피식, 웃음이 새나왔다. 훈련 되지 않은 왼손 근육은 어머니의 마음을 몰랐다. 정교하고 단아한 멋을 내지 못했다. 바늘 길도 서툴렀다. 어머니의 다른 수와 확 차이가 났다. 오른손처럼 어머니의 마음속 깊은 세계를 끌어올리지 못했다. 어머니도 안 되겠다 싶었는지 너는

왼손을 잘 쓰니 이 가위는 널 주마, 했다. 그렇게 해서 어머니
의 왼손 가위를 내가 가지고 있었지만 어디다 두었더라, 생각
이 나지 않았다.

나는 어머니로부터 한복을 만드는 솜씨는 물려받았지만 수
에는 관심도 소질도 없었다. 양손을 다 쓰는 대신 재주는 어머
니에 미치지 못했다. 그저 남보다 바느질이 조금 나은 정도였
다. 그리고 가위는 오른손 가위만으로도 충분했다. 나의 왼손
은 이미 오른손 가위에 익숙해져 있었다. 그래도 어머니의 가
위를 아예 모른 척한 건 아니었다. 한두 번 써 보기는 했다. 하
지만 이미 오른손 가위에 익숙해 있는 내 왼손은 왼손 가위를
거부했다. 손가락과 손목에 무리가 왔다. 그래서 가지고만 있
던 가위였다. 어머니에게 돌려주자면 온 방을 다 뒤져야 할 판
이었다.

어렵게 왼손 가위를 가져다주고 사흘이 지났다. 어머니는 그
가위로 무엇을 하려는 걸까? 건강할 때도 못한 일을 암세포의
위세에 눌려 몸도 제대로 못 가누게 된 지금 해보겠다고? 더구
나 오른손의 도움도 없이? 궁금증은 곧 걱정으로 바뀌었다. 어
머니의 방은 평소와 달리 너저분했다. 만들다 만 옷가지들이
널브러져 있었다.

"날의 방향이 다르니 감각도 다르구나. 깨끼옷은커녕 속곳
하나도 제대로 만들지 못했다."

어머니는 가위도 바늘도 마음대로 움직여주지 않는다며 힘

없이 왼손을 내려다보았다. 구조와 원리가 정반대로 이루어져 있으니 당연히 그럴 것이었다.

일감이 몰려와 삼 주가 넘도록 어머니를 찾지 못했다. 동생의 전화에 화들짝 놀랐다. 어머니가 응급실에 들어갔으니 당장 병원으로 오라며 울먹였다. 한 발만 늦었으면 어머니와 마지막 인사도 못할 뻔했다. 어머니는 마지막 숨을 모아 왼손을 들어 올렸다. 나는 내 왼손으로 어머니의 왼손을 꽉 쥐었다. 쓰러질 때까지 왼손에 쥐고 있었다던 왼손 가위 때문에 손에 멍이 든 것처럼 자국이 남아 있었다.

어머니는 결국 당신이 입고 가실 수의를 그 한 달 새에 만드셨다. 목에는 꽃다발을 두른 것처럼 수까지 놓은 수의였다. 가슴과 목 사이에 꽃다발인 듯, 목걸이인 듯 이팝꽃을 생생하게 피워 놓은 것은 어머니의 왼손이었다. 묘한 느낌이었다. 꽃송이마다 생기가 돌았다. 그 짧은 시간에 신의 감각을 회복한 왼손은 어머니가 평생 써 온 오른손보다 더 아름다운 꽃을 피워 놓은 것이었다. ⸙

곽정효

성균관대학교 사학과 졸업 1990년 월간문학 시 등단. 시집 『소리의 바다』 『음악미나리 상상』.
2010년 『문학나무』신인작품상 소설 부문 수상 등단. 장편소설 『두물머리 사람들』 『하느님과
씨름한 영혼』. e-mail gwakjunghyo@hanmail.net

차 례

스마트소설
박인성
문학상

2
0
1
9

수상작품집

2016년 겨울 후보작

김갑용

1990년 출생, 아산에서 자랐다. 중앙대 문예창작학과 졸업. 2016년 『세계일보』
신춘문예 소설 부문 「슬픈 온대」로 등단. e-mail:howtheyrun@hotmail.com

페이킹Faking

스마트소설박인성문학상 후보작
김갑용

페이킹Faking

착각이기를. 이윽고 그 여자가 정훈을 마주보았다. 전날 밤부터 추적거리던 비 탓에 어둑한 8월 종로 거리는 계절을 분간하기 힘들었고 정훈은 멈춰선 그대로 회색 신문지처럼 젖어들었다. 여자는 서울극장 처마밑에서 담배를 피우고 있었다. 검은 와이드 팬츠에 헐렁한 진녹색 와이셔츠를 입었고 연갈색 단발머리는 끝자락이 푸른색으로 물들여져 있었다. 여자가 담배를 쥔 손을 힘없이 늘어뜨렸다. 곧 〈라탈랑트〉가 상영할 시간이었다.

병원에서부터 정훈은 영화를 볼 생각뿐이었다.

자, 이제 일어나야 해요.

연구병동에 창백한 불이 들어왔다. 정훈은 심해에서 강제로 끌려 올라온 기분이었고 다시금 꿈속에 빠져 죽고 싶어했다. 다른 남자들은 이미 발을 질질 끌며 줄지어 서 의사에게 청진

을 받고 있었다. 그러고는 혈액 채취를 준비 중인 간호사들 앞
에 차례대로 주저앉아 헝클어진 머리를 달래듯 쓰다듬으면서,
음소거 된 벽걸이 텔레비전 속 아침 드라마 주인공들을 아득히
올려다보았다.

정훈의 맨 가슴에 차가운 청진기가 닿았다. 그는 심장 박동
을 고르게 하려고 애썼다. 의사는 청진기를 뗐다가 다시 대면
서 귀 기울이듯 몸을 그에게로 숙였다.

B32 피험자 분, 다음 소집일까지 계속 할 수 있겠어요?

네.

아무것도 하지 말고, 집에서만 쉬다가 돌아와야 해요.

네.

꽁초가 여자의 검고 뭉툭한 단화에 부딪쳐 빗속으로 튕겨나
갔다. 정훈은 여자의 이름을 기억 속에서 더듬어보았다. 마침
내 자신이 여자를 기억 속에서 지워내려고 안간힘을 쓴 지난
시간을 깨닫는 순간 빗소리가 사그라졌다. 오줌을 지린 것처럼
뜨거운 무엇이 정수리 위로 빠져나갔고, 뒤이어 미지근하게 젖
은 온몸이 빗방울들과 함께 허공으로 빨려 올라가는 것만 같았
다. 눈앞의 여자가 색색이 번졌다. 오래전 여자가 정훈에게 들
려준 이야기가 떠올랐다. 만약에 토성이나 목성이 달의 거리에
있으면, 지구는 거기로 빨려 들어갈 거라고. 순식간에 실타래
가 풀리듯이, 끊임없이……. 어느새 정훈은 여자에게 떨고 있
는 손을 내밀고 있었다.

다시 빗소리가 퍼져나갔다. 조조영화를 본 사람들이 극장 밖으로 나와 담배에 불을 붙이거나 우산을 펼쳤다. 여자는 정훈에게 눈을 떼지 않으면서 사람들을 피해 천천히 옆 걸음질했다. 정훈은 내민 손에 빗물이 고이는 줄도 모른 채 홀린 듯 여자에게로 걸어갔다. 담배를 피우던 사람 몇이 한 걸음 한 걸음 녹아가는 비누 인형 같은 그를 바라보았고 이내 여자를 돌아보았다. 담배를 탁탁 터는 소리. 우산을 펼치는 소리. 철벅거리는 소리. 여자는 떠나는 사람들을 따라 그를 지나쳐갔다. 그는 여자를 쫓아 대로변으로 나섰다.

그리고 모든 것이 휘몰아쳤다. 빗방울들이 우산 위에서, 자동차 바퀴와 사람들의 발 아래서 으깨지는 소리가, 수만 마리 쥐 떼가 하수구 바깥으로 동시에 쏟아져 올라오듯이 귓가에 가득 찼다. 사람들과 젖은 건물들이 행성의 자전에 끌려가듯이 정훈의 뒤로 멀어져 갔고, 여자의 뒷모습 또한 성큼성큼 눈앞으로 다가왔다. 여자 곁을 걷던 사람들이 별안간 지하철역 내부로 혹 꺼졌다. 여자는 힐끗 정훈을 돌아보고는 지하철역을 지나쳐 초록불이 들어온 횡단보도를 건너갔다. 그는 오로지 여자의 뒷머리에 시선을 고정한 채로 쫓아갔는데, 머리카락은 이미 반쯤 젖어 마치 푸른 물이 꽁지까지 빠진 가짜 파랑새 같다는 생각이 들었고, 그녀에게 드디어 배신당하리라는 예감에 이가 덜덜 떨렸다. 여자는 버스정류장에서 멈춰 섰다. 정훈이 원하던 대로, 아주 가까이서 그를 마주 보았다. 끔찍하고 두려운 감정이 내부를 향해 한계점까지 우그러들고 수렴하여 초신성처럼 터져버릴 것 같은 눈으로.

여자를 태운 버스가 저만치서 신호에 걸려 정지해 있었다. 행선지도 확인하지 않고 버스를 탔으므로, 여자는 곧 내릴 것이다. 여자가 내릴 때까지 놓치지 않고 쫓아갈 수 있을까? 헐떡이는 숨으로 여자를 붙잡고, 애걸하고, 이름을 묻고, 자신의 예전 이름을 잊어달라 간청하고, 자신의 끔찍한 아버지가 얼마 전에 죽었다고 고백하고, 다시 한 번만, 제발, 자신은 죽어가고 있다고, 멈추지 않는 빗속에서 추위에 여자를 떨게 하며, 슬픈 이야기를 들려주겠다고, 당신을 위한 소설을 쓰겠다고, 토성의 겨울을 기억하느냐고, 토성의 겨울을 나는 외계 종족의 슬픈 삶을 소설로 써서 당신에게 읽어 주겠다고…… 끝끝내, 실현 불가능한 소설이 첫 문장에서 머뭇거리는 동안 지나갈, 후회와 괴롭힘뿐인 시간을 85분짜리 스크린에 그리면서 정훈은 극장의 어둠 속에 앉아 있었다. 이윽고 젊은 선장이 수중에서 허우적거리는 모습 위에 춤을 추고 웃는 그리운 아내의 이미지가 반투명하게 투영되는 장면을 보며 그는 힉, 힉, 웃겨서 숨이 넘어가는 듯한 소리를 내며 울었다.

다시 병원으로 이어졌다. 정훈은 철렁이는 마음으로 의사 앞에 앉아 맨 가슴을 드러냈다. 청진기가 닿자 심장이 데인 듯이 차가워 그는 한 대 얻어맞은 표정을 지었다. 그는 혈액을 채취하는 중에 어지럽다고 엄살을 피워 혼자 침대에 누웠다. 의사가 곁에서 문진했다.

　B32 피험자 분, 그날 집에 바로 들어갔나요?

　네.

　번복했다. 아니요. 정훈은 의사에게 자신이 그날 하루 동안 겪은 실제를 이야기했다. 그러고는 매우 불행한 삶이었다고, 하지만 자신은 영화를 보고 집에 돌아갔다고, 이제 모든 것이 끝났다고 말했다. 의사는 아무 반응 없이 남자를 내려다보기만 했다. 그는 겁먹은 아이가 어른에게 매달리듯이, 의사를 올려 다보며 대답을 요구했다.

　그렇죠? 착각이겠죠? ✶

김미희

대구 달성 출생. 2002년 『수필문학』신인상 수상. 소설집 『이슬받이』 『미채』, 수필집
『멈추지 않는 시간속으로』. e-mail:1118kmh@hanmail.net

시라소니

시라소니

지난밤에도 어차피 잠을 못 잤다. 전화를 끊고 나는 커피를 내렸다. 오피스텔 창 아래로 출근길에 바쁜 차량이 썰물처럼 밀려가는 것이 보였다. 커피를 마시며 출근 준비를 서둘렀다. 사무실의 복도는 서늘하고 고요했다. 나는 무지근한 어깨를 의식하며 텅 빈 복도를 저벅저벅 걸어갔다.

책상 앞에 앉아 회전의자만 빙빙 돌렸다. 졸지에 방 안에 갇힌 꼴이었다. 컴퓨터 마우스에 손을 얹자 모니터 가득 삵의 모습이 떴다. 얼마 전 삵에 관해 검색하여 몇 개의 이미지 사진 중 가장 호전적으로 보이는 사진을 컴퓨터 바탕화면으로 깔아 두었다. 눈을 매섭게 뜬 삵이 정면을 쏘아보는 모습이었다. 검은 핵을 품은 노란 구슬처럼 보이는 삵의 눈빛이 의외로 투명했다. 삵은 사냥을 마치고 의기양양 돌아오는 중이었다. 입에는 노획물이 물려 있었다. 쥐새끼인지 다람쥐인지 구별이 되지 않는 불쌍한 들짐승은 이미 숨이 끊어졌는지 걸레처럼 축 늘어져 있었다. 어릴 적 어머니는 닭장에 키우던 튼실한 닭 두 마리가 밤새 사라지자 동네에 인간 삵을 찾으러 다녔다. 생태계의 파괴로 삵이 멸종동물이 되었고 이젠 천연기념물이 되었다고 한다.

시골에서 어머니와 둘이 사는 형수는 올봄에 집 뒤의 대나무 숲에다 병아리와 오리 백여 마리를 풀어놓고 키웠다. 농사일이 바쁜 형수는 병아리와 오리가 대나무 숲에서 잘 자라고 있으려니 생각했다. 모이를 주던 어머니가 '애야 몇 마리 안 보여' 해도 숲이 넓어 모이 주는 소리를 듣지 못했거니 여겼다고 했다. 얼마 후 형수가 대나무 숲에 들어가 보니 닭 몇 마리만 그 높은 대나무 꼭대기에 매달려 있고 나머지 닭과 오리는 죄다 삵의 희생물이 되었다. 분개한 형수는 삵의 씨를 말리려고 넓은 대나무 숲 곳곳에 덫도 설치하고 약도 놓았다고 한다. 천연기념물인지 알 리 없는 형수다운 발상이었다. 시골을 방문한 작은형이 말렸으나 형수는 기어이 올가미에 걸려 죽은 삵 한 마리를 땅에 파묻고야 분풀이를 멈췄다고 한다.

모니터 화면의 삵을 한 번 노려보고 나는 바로 인터넷에 접속하여 미국행 비행기표를 예매했다. 미국 시민권자여서 오늘 저녁에라도 출국이 가능했다. 아내에게 전화를 했다.

"11월 3일에 미국 도착해."

스마트소설박인성문학상 후보작
김미희

"그렇게 빨리? 그럼 한국 시간은 내일 저녁에 출발해야겠네. 짐은 다 쌌어?"

"응, 아직 짐은 하나도 안 쌌어. 회사에서 구해 준 오피스텔이라 가방 하나면 돼. 그래도 나 할 일이 많아. 만나서 얘기해."

나는 서둘러 전화를 끊고 우선 가산그룹에서 어머니와 형수의 계좌에 예치한 비자금 자료를 찾아서 파기했다. 통장과 도장은 퀵서비스를 불러서 시골로 부쳤다. 어머니와 형수가 시골 땅을 팔아서 투자한 금액의 열 배는 되니 두 분에게 처음으로 큰 돈을 드리는 격이다. 컴퓨터에 있는 자료를 usb에 저장하고, 회의 녹취록과 녹음 파일, 장부를 복사했다. 이 회장의 수많은 가명계좌의 통장을 내가 보관하고 있었다.

"정재연 부장과 박 부장은 이제 영종도펀드에서 손을 떼, 계속 투자하고 싶으면 안 사장에게 부탁해서 하든지. 내가 전국을 다니면서 한 얘기가 있는데 펀드 망했다고 할 수도 없고 그리고 이제 내게 보고할 필요도 없다."

아침에 전화에 대고 앞뒤 맥락 없이 한 말은 해고였다. 수치심과 모욕감은 그만두고라도 오랜 시간 쌓아온 존경과 믿음을 내 손으로 허물어야 하는 일이었다. 그런데 그는 평소 그의 것이라고는 믿어지지 않는 말로 나를 비난하며 위협했다. 나의 약점이라도 쥔 것처럼 나의 인간성에 문제가 있는 것처럼 말하는 꼴이라니?

지난달 해고당한 김 부장의 아내가

'그 노인네는 기업 사냥꾼도 못되고 늙고 추한 사기꾼이에요.'라고 하던 말이 생각났다. 핵심 간부들이 한 명씩 잘릴 때도 나는 이 회장의 오른팔이려니 믿었다. 내가 가산투자금융에 입사하고 3년 동안 가산그룹의 자본금만 500배 이상 늘었다는 자부심이 있었다.

점심식사도 못하고 고소장을 작성하는데 박 부장이 사무실에 들렀다. 박 부장 이름으로 고소장을 접수할 예정이었다. 파장이 가산투자와 더불어 가산그룹 전체에 미칠 것이다. 박 부장도 손해를 보겠지만 나는 가산그룹의 그 누구도 보호할 책임을 못 느꼈다.

"저는 내일 출국합니다. 부장님이 가장 적게 손해 보는 방법은 이것밖에 없습니다. 우리가 먼저 선수치지 않으면 당합니다. 3년 동안 지켜보면서 해고당한 사람들이 배신했다는 회장님의 말만 믿었는데 제가 당해보니 알겠습니다. 해고 된 사람들이 제게 했던 말들이."

"정 부장이 미국에 오래 살아서 잘 몰랐던 겁니다. 여태까지 모든 펀드나 사업이 실체는 없고 투자만 받아서는 운용도 하지 않고 망했다는 속임수를 썼는데 정 부장이 실제로 투자를 하려고 하니깐 화가 난 겁니다."

"D데이는 내일입니다. 우리가 아직 정식 직원으로 있을 때 비밀리에 처리해야 합니다. 전 아직 전산자료 열람이 가능하던

스마트소설박인성문학상 후보작
김미희

데 박 부장은 어때요? 오늘 중으로 자료 다 빼내는 게 가능한 가요?"

"전 다 했습니다. 이 회장이 지금 영종도에서 출발했다고 하니 전 지금 사무실을 나가서 호텔에서 검토하고 있겠습니다."

"그럼 저는 회장님 만나서 동태파악하고 집에 들러서 가방 하나만 챙겨서 밤에 호텔에 가겠습니다."

내가 준 서류봉투를 들고 나가려던 박 부장이 내 컴퓨터 모니터를 쳐다보며 물었다. 모니터는 초기화면으로 돌아와 삵이 날카로운 눈빛으로 쏘아보고 있었다.

"정 부장, 저 사진은 뭡니까? 호랑이도 아니고 고양이입니까?"

"삵입니다."

"삵이 뭡니까? 처음 보는데?"

"저도 사진으로만 봤습니다. 가축을 잡아먹어서 우리 어머니가 제일 싫어하는 동물입니다."

박 부장이 나가고 나는 모니터에 있는 삵의 사진을 휴대폰 초기화면에도 깔았다. 저녁에 사무실을 나올 때 컴퓨터 화면을 끄는 일 따위는 하지 않았다. ✤

박소희

2015년 소설 「스물세번의 로베르또 미란다」로 제14회 대산대학문학상 수상. 서울
예술대학교 문예창작과 졸업. 한국예술종합학교 서사창작과 전문사 과정 재학 중.
e-mail: parksohee823@gmail.com

그러니까

스마트소설박인성문학상 후보작
박소희

그러니까

비밀은 지켜줬으면 해. 넌 좋은 사람이니까.

나도 어쩔 줄 모르겠는 화가 치솟을 때면, 그런데 제대로 치솟지도 못하고 속에서 마구 날뛰기만 할 때면, 모든 게 흉기로 보인다는 걸 처음 안 날이었어. 샤프, 커터 칼, 쇠로 된 노트 스프링, 책상 유리, 진짜 뻥 아니고 다 모서리만 보인다. 날카로운 부분만 선명하게. 죽이고 싶은 사람은 따로 있는데 공격하고 싶어지는 건 나였어. 그게 좀 의외긴 했어. 물론 그 와중엔 그런 생각 따윈 안 들었고.

책상 유리를 깰까. 근데 좀 겁났어. 유리 깨지는 소리도 겁났고, 난 죽고 싶은 것까진 아닌데, 유리가 깨지면 사람들한텐 뭐라고 둘러대야 하나 그런 것도 귀찮고. 아프나 많이 아프나 이게 좋은 방법은 아닐 텐데, 뭐 그런 것도. 근데 할까 말까 하는 동안 칼을 잡았고 칼날은 드르륵 경쾌한 소리로 나왔고 단지

녹이 좀 슬었고 나는 그냥 일단 가볍게, 그래 일단 가볍게 손가락이나 베었다. 근데 그것도 착각이었지. 사실 뒤늦게 생각해 보면 내 생각은 항상 다 착각이었는데 아무튼, 엄청 쓰라리겠지 했는데 잠깐 따갑더니 말았어.

칼이니까 당연히 몸 안을 베고 나온 거지. 근데 피도 안 나고 살점도 안 벌어지고 뭐지 내가 지금 제정신이 아니라서 헛것을 본 건가 했는데 분명 맞았어. 뭐야 이거, 하면서 더 깊이 그었다 뺐더니 다시 깊숙하게 들어갔다 나왔다. 상처나 피 같은 건 없었고. 칼날을 부숴서 둘째손가락 끝에 조금 넣어봤더니 잘 들어갔어. 날카로워서 그러나. 어디까지 되나 끝까지 해보자 죽어야 할 새끼들이 안 죽는데 어차피 다 무슨 상관이야 하면서 전부 다 밀어 넣었다. 아무렇지도 않았어. 진짜로. 내 몸은 칼날을 삼켰고 우와 나는 칼날을 삼킨 사람이다 속으로 외치기도 전에 울음이 터졌다.

이게 뭐야 진짜.

눈물을 닦을 때 손끝이 약간 따끔하긴 했어. 칼날이 들어간 손끝으로 부은 눈두덩을 꾹꾹 눌렀다.

뾰족하거나 모서리가 있을수록 잘 들어갔다. 당연한 거지. 그리고 뭐든 들어갔고 어디든 들어갔어. 허벅지에 한복판에 숟가락을 밀어 넣었고 옆구리로 립스틱을 넣고 쇄골 위로는 지우개를 넣었다. 가끔, 지갑을 넣기도 했어. 소매치기처럼. 이따금 훔친 지갑을 몸에 넣다보면 누구든지 다 이길 것 같은 기분이

들었어. 몸속에 아무리 이것저것 넣어도 만져지거나 튀어나오지는 않아. 몸무게만 늘 뿐이고.

나는 지금도 가끔 상상한다. 혹시라도 엑스레이 같은 걸 찍게 된다면 어떻게 되는 걸까. 아예 깨끗할까? 아니면 몸 안에 든 이상한 것들이 죄다 찍혀서, 특이한 사람들이나 나오는 티브이 프로그램에 나도 나오게 되나. 그럼 얼굴도 팔리고 이름도 다 팔리겠네. 어쩌면 망해가는 서커스단이랑 같이 차력 쇼 같은 걸 하면서, 평생 떠돌아다니게 될지도 몰라.

그리고 또 가끔 생각해. 그니까 이건 압축이다. 어쩌면 저장이라고 할 수도 있겠다, 이것저것 다 들어가니까. 근데 저장까진 돼도 저축은 좀 아닌 것 같아. 들어간 걸 다시 뺄 순 없으니까. 넣을 순 있는데 열 수는 없는 타임캡슐, 뭐 그런 거. 그게 나란 말이지.

넣으면 넣을수록 더 잘 들어가더라고. 마법도 눈속임도 아니다 정말. 몸에 긴장을 풀고 밀어 넣으면 돼, 그냥, 주사 맞을 때 엉덩이 힘 빼는 것처럼. 뭐가 들어오던 간에 흉터 같은 건 안 남았다. 감쪽같고, 이제 어떤 것도 날 아프게도 다치게도 할 수 없는 거지. 칼도 몽둥이도 아무것도. 예전의 나는 무서워서 벌벌 떨고 화가 나서 떨었는데, 이젠 그러지 않는다.

어쩌면 물건들이 내 안으로 숨고 싶어 하는지도 모르겠다. 지들도 영원한 도피처가 필요할지도 모르지. 근데 너무 쉽게 들어와서 큰일이야. 이불이나 베개같이 푹신한 것들은 괜찮은데, 딱딱한 것들은 지 마음대로 막 들어오려고 해서 항상 온몸에 힘을 주고 있어야 한다. 젓가락을 쥘 때엔 손가락에 힘을 꽉 주고, 밥을 씹어 삼킬 때에도 입 안으로 스며들어 버리지 않게 신경써야 해. 열쇠나 동전 같은 게 바닥에 떨어져 있진 않은지 언제나 살펴야 한다고. 언제나. 이런 삶이 상상이 돼?

네가 지난달에 잃어버린 오른쪽 귀걸이도…… 못 찾았다는 거 거짓말이었다. 네가 책상에 잠깐 빼놨던 게 팔꿈치로 들어가는 게 보였고 잡아 빼보려고 했는데, 살점이 떨어져 나가려는 것 같고 너무 아파서 어쩔 수가 없었어. 일부러 그런 건 진짜 아니라는 거, 믿어줬으면 해. 미안해. 네가 많이 아끼던 건데.

미안해.

네가 내 어깨를 잡으려고 했을 때 화냈던 것도. 다른 사람들은 스쳐가기만 해도 몸이 바짝 긴장해서 괜찮은데, 네 앞에선 나도 모르게 풀어져버린다. 그래서 너의 손이 들어갈까 봐 그랬어. 네가 좋은 사람이라서 그랬어. 나한테 다가오는 유일한 사람이라서, 너한테만 화를 내게 됐다.

나 벌써 95kg을 넘었다는 게, 믿겨? 그렇게 꾸역꾸역 집어삼키기만 하고도 멀쩡한 게 나는 더 안 믿겨. 다칠 일이 없어서 기분 좋았던 것도 이제는 다 싫어진 것 같아. 더 이상 신기하지도 재밌지도 않아. 뭐가 아무리 들어오든 바뀌는 거라곤 하나도 없으니까. 어디가 한계고 끝인지는 나도 모른다. 정말 정말

로. 끝을 아는 사람 같은 건 원래 없다며. 누가 그랬는데. 누가
또 그랬는데, 인간은 대부분 자기의 진짜 한계를 모른 채로 죽
는다고. 나도 그렇게 될까? 설마 언제까지고 나이기만 하다가
갑자기 펑, 폭탄처럼 터져버리는 걸까?

　자주 상상하고 있어. 다 쏟아내고 다시 시작할 수 있는 방법
을. 만약 내 몸이 떨어져서 박살나면, 안에 있던 물건들이 와르
르 쏟아져 나올까? 아니면 내 몸이 땅을 흡수해서, 그런데 몸
에 넣기에 땅은 너무 크니까, 결국 내가 흔적도 없이 땅에 스며
들어버리는 건 아닐까.

　다 모르겠고, 그런데도 알 수 있는 게 딱 한 가지가 있고, 그
건 이대로라면 난 평생 누구를 만질 수도 안을 수도 없을 거라
는 거야. 사랑하는 사람을 내 안으로 먹어치워 버리고 말겠지.

　이건 네가 좋은 사람이라서 말해주는 건데

　그러니까, 내가 진짜 원하는 건 할복이야. ⚡

방현희

2001년 『동서문학』에 단편 「새흘리기」로 신인문학상을 수상하면서 작품활동을 시작했으며 2002년 『달항아리 속 금동물고기』로 제1회 문학/판 장편소설상을 받았다. 소설집 『바빌론 특급우편』 『로스트 인 서울』, 공저 『붉은 이마 여자』, 장편소설 『달항아리 속 금동물고기』 『달을 쫓는 스파이』 『네 가지 비밀과 한 가지 거짓말』 『세상에서 가장 사소한 복수』 『불운과 친해지는 법』, 심리치유 우화집 『아침에 읽는 토스트』, 산문집 『오늘의 슬픔을 가볍게, 나는 춤추러 간다』 『우리 모두의 남편』, 청소년 소설 『너와 나의 삼선슬리퍼』 등이 있다. 현재 대안연구공동체에서 소설창작 강의와 교육청 주관 서울경제신문 〈백상경제연구소〉의 도서관 강의를 하고 있다.

N호텔에서의 하룻밤

스마트소설박인성문학상 후보작
방현희

N호텔에서의 하룻밤

N시 터미널에 내렸다. 마중 나오기로 한 A는 어디에도 보이지 않았다. 전화를 했지만 그의 전화기는 꺼져 있었다. 잠시 뒤에 A로부터 메시지가 왔다. 급한 일이 있어 인근 도시에 있으니 저녁 혼자 먹고 N호텔에 가 있으라는 거다. 금방이라도 숨이 넘어갈 것처럼 제발 와달라고 사정할 땐 언제고 어디가 어디인지도 모르는 곳에서 혼자 저녁을 먹고 혼자 호텔에 가 있으라니. 어이도 없고 황망한 기분도 들고 해서 터미널 앞에서 한동안 멍하니 서 있었다.

N시에 오게 된 건 그녀가 4년 전 연애를 했던 A가 문득 전화를 걸어 제발 내려와 달라고 부탁해서였다. 전화벨이 울렸을 때 그녀를 향해 웬 새들이 쏜살같이 달려들었다. 그녀는 새들의 공격을 받는 줄 알고 머리를 감싸고 움츠렸다. 시간이 지나도 쪼는 기미가 없어서 조심스럽게 머리를 들고 보니 새들이

열렬하게 날개를 파닥이며 그녀를 휘감고 돌고 있었다. 작은 깃털들이 휘날리더니 곧이어 머리카락이 얼굴을 뒤덮었다. 새들은 십여 분 동안 그녀를 휘감고 돌다가 어디론가 급히 날아갔다. 그때까지 손바닥 안에서 진동하고 있는 핸드폰을 내려다보았다. 까맣게 잊고 있던 A였다. 새 떼들과 A라, 엉뚱하지만은 않은 조합이었다. 그녀는 핸드폰에 대고 무슨 일이지? 하고 중얼거렸다. A 역시 다짜고짜 내일 내려와 줄 수 있어? 라고 했다. 마치 헤어지지 않은 사람처럼, 마치 어제까지 잘 만나던 사람처럼, 다정하고도 절박하게 제발 내려와 달라고 했다. 그녀는 N시는 관광지이고 때는 봄이 무르익어 그렇잖아도 어딜 가볼까, 했던 참이라 놀러가는 셈 치고 내려가겠다고 했던 것이다.

그녀는 터미널 앞에서 손님을 기다리고 있는 택시를 탔다. 어차피 이렇게 된 것 호텔을 목적지로 하고 근처에서 밥을 먹을 요량이었다. N호텔에 갈 건데요, 그 근처에 식당 있으면 거기 내려주세요, 라고 했다. 기사가 룸미러로 그녀를 쳐다보며 몹시 의아하다는 듯 N호텔요? 거길 가게요? 하고 물었다. 그녀가 왜요? 가면 안 돼요? 하고 되물었다. 기사는 거기 좀 이상한 데라던데, 하더니 차를 세우는 게 아니라 도리어 액셀을 세게 밟았다.

택시가 거세게 튀어나가기는 했지만, 그렇다고 평화롭게 날아다니던 날벌레 떼에게 가서 충돌할 만큼은 아니었다. 주위가 어둑어둑해진다 싶더니만 웬 날벌레 떼가 천지사방에서 몰려와 택시 앞 유리창에 부딪쳤다. 순식간에 유리창은 미미한 죽음들로 뒤덮였다. 기사는 툴툴거리며 워셔액을 쏘고 와이퍼로 문질러 벌레들의 흔적을 씻어내리며 또다시 자동차를 거세게 몰았다. 날벌레 떼들이 수없이 몰려 와서 부딪쳐 죽음을 이루고는 어딘가로 물결쳐 흘러갔다.

산 아래 그늘진 곳에 자리 잡은 호텔은 한눈에 보기에도 낡고 어수선한 것이 전혀 관리되지 않은 곳이었다. 이런 호텔을 잡아놓다니, A도 참. 한숨을 내쉬고는 인근 식당가로 발길을 옮겼다. 혼자서 곰탕과 깍두기를 맛있게 먹고 나니 기분이 한결 나아져 A가 올 때까지 느긋하게 산책이나 하자 싶었다.

산책하기에는 그럭저럭 좋은 곳이었다. 강가의 벚나무들은 막 봉오리가 벌어지고 있었고, 강바람은 서늘했으며, 간혹 자전거를 탄 연인들이 스쳐 지나갔다. 나지막한 산으로부터 땅거미가 내려오고 푸른 산그늘에 잠긴 호텔은 아까보다 멋져보였다. A에게 전화를 걸었다. A는 전화를 받지 않았다. 잠시 뒤에 메시지가 왔다. '호텔에 들어가 있어. 예약해놓았으니 안내해줄 거야.'

어둠은 짙어지는데 어디 갈 데도 없어 하는 수 없이 호텔에 들어섰다. 검은 선팅 위에 이해할 수 없는 형태의 스프레이 그림이 그려진 조잡한 유리문을 힘겹게 밀었다. 문을 열자 호텔 로비라고는 할 수 없는 로비가 떡하니 펼쳐졌다. 그녀는 그 광경을 이해할 수 없어서 도로 나가서 호텔 이름을 확인했다. N 호텔 맞다.

삼층 높이까지 뻥 뚫린 커다란 둥근 로비에는 '잭과 콩나무'에 나옴직한 나무가 우뚝 서 있었고, 작은 외제차가 운전석 문이 열린 채 세워져 있었다. 자동차 옆에는 정상적으로 작동되는 차이니 운전을 해봐도 좋다는 팻말이 붙어 있었다. 이층에서부터 로비 한가운데로 쭉 뻗어 내린 미끄럼틀과 미니 농구대, 벽 쪽에 붙여 놓은 미니 오락기계들, 올라가서 뛰어도 좋다고 쓰인 팻말이 붙은 커다란 침대, 허름하고 엉성하고 조잡하기 이를 데 없는 오, 이곳은 어린이들의 로망, 네버랜드였다. 늦은 저녁 시간이었지만 아이들 몇이 미끄럼을 타거나 침대 위에서 막 내려오거나, 오락기 앞에 나란히 앉아 킬킬대고 있었다. 어른들도 둘 셋 당구장에서 큐대를 들고 공을 겨냥하거나 연주석에서 드럼을 두드리고 있었다. 팡팡, 파바방, 팡! 직원들은 이 모든 소란에 아랑곳하지 않고 리셉션에서 본연의 업무를 보고 있었다. A가 잡아놓은 방은 허름하고 엉성하고 조잡하기 이를 데 없는 호텔 한쪽 가장자리에 있었다.

무슨 일이 또 벌어질지 몰라 몹시도 조심스럽게 문을 열었다. 개오줌 냄새와 함께 잡초 냄새가 훅, 끼쳐왔다. 아뿔싸. 방 안 가득 싱싱한 잡초가 쑥쑥 자라는 중이었다. 이건 또 뭐냐, 나더러 어쩌란 말이냐, 절로 한숨이 흘렀다. 문 옆에 팻말이 또 붙어 있었다. 애견 전용룸. 강아지와 함께 마음껏 뒹굴어보세요.

그녀는 가방을 집어 던지고 풀썩 잡초 위에 주저앉았다. 전화를 걸어봤자 받지 않을 것이라 생각하면서도 그녀는 A의 번호를 눌렀다. 열 번을 울려도 A는 응답하지 않았다. A에게 무슨 말을 하려는 건지 자신도 알지 못했다. 화를 내야 하는 걸까, 보통의 호텔이 아니라고? 왜 이런 곳에 나를 오라고 했느냐고 물어야 하는 걸까, 너는 오지도 않을 것이면서? 그렇다면 그를 만나러 왔던 걸까, 4년 전에 헤어졌으면서? 그때 헤어졌던 이유는 다 사라져버린 걸까, 그의 무관심 때문에 헤어졌던 것이면서?

지독한 피로가 몰려와서 그녀는 핸드폰을 내동댕이치고 벌러덩 누워버렸다. 잡초는 싱그럽기도 하고 잡초 특유의 퀴퀴한 냄새도 풍겼다. 개들이 어디에 어떻게 오줌을 눴는지 개오줌 냄새도 솔솔 풍겨왔다. 그녀는 4년 동안의 여정을 돌아보았다. 무관심한 사랑을 견딜 수 없어서 헤어졌고, 그 누구와도 관심 깊게 관계를 맺지 않았다. 일에 빠져 살았고, 사랑에서 충족되지 못한 것을 일로 채우려고 했다. 그러나, 4년 전의 사랑이 부르자마자 달려왔다. 갖은 핑계를 대면서. 무관심했던 그 사람이 대단히 달라져 있을 리 없다는 것 역시 잘 알면서.

어디선가 꽤애액, 하는 소리가 들렸다. 꽤애액! 귀를 기울여보니 오른쪽 벽 뒤쪽에서 나는 소리가 분명했다. 그녀는 주섬주섬 일어났다. 그녀에게 예비된 괴상한 일들이 아직 남아 있는 것이겠지. 무엇이 그녀를 부르는지 그래, 한번 가보자 싶었다.

호텔 현관을 나와 오른쪽으로 돌아갔다. 어둠이 한층 깊은 그곳에 무언가가 서성거리고 있었다. 눈빛이 분명한 무엇이 그녀가 다가가는 것을 주시하고 있었다. 그녀 역시 그를 주시하며 조심조심 다가갔다.

그녀였다. 어둠 속에서 어느 순간 그녀와 눈이 딱 마주친 그것은, 그녀였다. 괴상한 일들을 겪은 나머지 혼돈에 빠진 그녀가 아니라, 세상 누구에게도, 세상 무엇에도 무심하고 냉랭했으나 오직 자기 일에만 맹렬했던 평소의 그녀. 일이 잘 안 되어 혼잣속으로 씩씩거릴수록 더욱 냉랭한 표정을 지었던 그녀였다. 잘 다듬어진 머릿결에 흐트러지지 않은 옷차림, 내 약점 따위 얼마든지 잡고 흔들어도 눈 하나 까딱 안 한다는 당당한 눈빛, 그러나 4년 전 애인의 부름에 허겁지겁 내려와서 그가 없는 낯선 고장에서는 하루도 살 수 없다는 불안감에 휩싸인, 그녀. 어떤 것에도 무너지지 않는다고 호언하면서도 다정하고도 단호한 그의 음성에는 절절매는 그녀. 그녀가 거기 눈을 부릅뜨고 자신을 노려보고 있었다. 그녀는 갑작스레 두려움이 들었다. 왜 여기까지 와서 나를 만나게 된 거지?

그녀와 마주보고 있던 그녀가 갑자기 꽤애액! 소리를 질렀다. 깜짝 놀라 고개를 들어보니 타조가 그 커다란 입을 벌리고 목청을 돋워 소리를 지르고 있었다. 타조라니? 아니, 호텔에 타조라니? 그제야 울타리 안쪽에서 이쪽을 보고 있는 사슴과, 사슴 옆의 거위와, 그 뒤로 검은 염소까지 있는 것을 알 수 있었다. 호텔에 동물들이라니…… 명색이 호텔인데 동물들의 분변에서 나는 냄새들이라니……. 울타리에 팻말이 붙어 있었다.

울타리 안으로 들어가 동물들과 함께 놀아도 됩니다. 동물들에게 줄 간식은 안내 데스크에서 구하십시오.

그녀는 숫제 그녀에게 계속 소리를 지르고 있었다. 꽤애액! 좋지도 싫지도 않고, 나쁘지도 좋지도 않은, 그렇다고 계속 보고 있자니 매우 불편하고 부담스러운 그 짐승은 간식을 가져다주기 전에는 꾸짖는 짓을 그만두지 않을 것 같았다. 몸을 돌리려는 참에 A에게서 전화가 왔다.

— 어디에 있어?

— 호텔에. 타조를 보고 있어.

— 그 호텔 마음에 들지? 네가 꼭 좋아할 줄 알았어.

— 내가 왜 이 호텔을 마음에 들어 할 거라고 생각했는데?

— 왜? 너 예전에 그런 곳에서 살고 싶다고 했잖아.

— 내가? 내가 그런 말을 했다는 거야? 너 아니었어? 네가 이런 곳에서 살고 싶다고 했던 것 같은데.

— 네가, 간절히 말했어. 너는 너의 네버랜드를 갖고 싶다고. 너에게는 어린 시절이 없었다고. 기억 못하는구나.

— 4년 전에 내가 그랬단 말야?

— 그래, 4년 전에. 여러 번 그랬어. 그런데 까마득히 잊고 있었구나.

4년 전에 나는 도대체 어디에 있었던 거지? 울타리 속의 그녀가 두 눈을 부릅뜨고 또 꽤애액! 소리를 질렀다. 매섭게 쏘아보는 눈을 보니 오늘 하루가 번뜩 눈앞에서 되풀이 되었다. 새

떼가 날아오고, 날벌레들의 미미한 죽음이 차를 뒤덮고, 콩나무는 씩씩하게 뻗어 올라갔으며, 잡초는 무성해졌다. 그러나 그 이전의 날들은 기억나지 않았다.

— 그래, 나는 다 잊었어. 나는 하루가 지나면 재빨리 그 하루를 지우거든. 의미 없는 날일수록 빨리 지워지지.

A는 어딘가로 가고 있는 듯했다. 목소리가 점점 멀어졌다.

— 무심한 사람에게 의미 있는 날이란, 일생 동안 며칠이나 될까. 나와 함께 있었던 날들은 모두 의미 없는 날들이었다고 해도 말이야. 그래서 다 잊었다고 해도 말이야. 그 뒤로 4년 중에서 너에겐 며칠이나 남아 있는 거냐.

그녀는 A의 질문에 답을 할 수 없었다. 울타리 속의 그녀는 다시 꽤애액!하고 소리질렀다. 간식을 사러 가라는 건지, 기억을 좀 더듬어보라는 건지, 그녀는 그녀의 부릅뜬 눈을 보며 괴성을 해독해보려고 했다. A는 너는 그렇게 무심하더니, 끝내 무심하구나, 그러더니 전화를 끊었다. 야, 무관심했던 건 너잖아! 그러니까 나는 무심했고 너는 무관심했던 거구나. 쉽게 헤어질 조합이었던 거야.

꽤애액! 울타리 속의 그녀가 그녀에게 기억해보라고 재촉했다. 냉담하게 재빨리 치워버린 하루들. 그녀가 아직 기억하고 있는 건 오늘 하루뿐. 오늘 하루는, 모든 지나간 날들을 한꺼번에 소환한 날. 아직은 치워버리지 못한 하루가 눈을 부릅뜨고 그녀에게 다시 소리를 지를 준비를 하고 있었다. ⚡

신장현

1958년 경기도 이천 출생. 한양대 신문방송학과 대학원 졸업. 1997년 『문학사상』
신인상으로 등단. 작품집 『세상 밖으로 난 다리』 『강남 개그』 『덤블링 트리』, 장편
『사브레』 『돼지감자들』이 있음.

무명산은 부른다

무명산은 부른다

도대체 누구 이런 가당찮은, 아니 무례하기까지 한 글을 보냈을까. 사내는 입술을 깨물고 먹물이 번진 세필 붓글씨를 뚫어지게 살폈다. 그러자 실지렁이처럼 뭔가 꿈틀거리는 게 아닌가.

그 엽서는 사실 그의 아내가 사슴할아버지에게 은밀히 부탁한 일이었다. 무명산에 있는 그 사슴할아버지는 알고 있는 사람만 아는 전설이고 동화였다. 무명산은 이름이 그렇지 산세가 수려하기로 꽤 이름난 산이기도 하다.

사내는 그의 아내가 무명산 아랫동네 출신이라는 사실을 잊어버린 지 오래였다. 등잔불 아래 누워 있던 장모는 외동딸을 내어주듯하며 그것을 걱정했었다. 젊은 사람이 너무 일찍 출세해 무명산 골짜기 따위란 돌아보지 않을 것이라고. 과연 그랬다. 장모가 북망산으로 가기 직전 공교롭게도 그는 유럽행 비행기를 탔었다.

어쩌다 우편함을 뒤적였는지……, 그러나 수신인이 자신으로 돼 있는 데야 어쩌랴. 결국 궁금증은 날이 갈수록 시루가 터져라 발돋움하는 콩나물처럼 커갔다. 첨부한 지도를 보니 남쪽 지방의 어느 산이었다. 언젠가 가본 듯도 하고 이름만 되뇌었던가 하고도 여겨졌다.

"지금, 하늘을 원망하는 당신에게-"

주황이라는, 그 발신인은 자신의 추락을 알고 있고,

"결코 그것이 끝이 아니라는 사실에 대하여……."

그러니까 매일 술로 분노와 절망감을 삭히며, 극단의 외길로 자신을 몰고 가고 있는 꼴을 마치 천리안으로 보는 듯 적시하지 않았는가.

"귀뜸 해 드릴 말이 있으니, 이곳으로 일차 왕림해주시지 않겠습니까."

그를 끌어들인 계곡은 어느 정원 백화난만이 무색한 나뭇가지 위의 눈꽃과 빙폭에 어린 아롱다롱한 빛의 향연이 한창이었다. 됐어, 이거면 되는 거야. 어떤 미친데기 짓인들 어떠랴. 그는 애써 이 산행을 타의가 아닌, 그저 기분전환을 위한 자작극으로 간주하려 했다. 세상은 이렇게 나 혼자 걸어나가야 할 광야일 뿐이다. 그래, 그걸 몰랐던 게 바보지. 그는 한동안 제법 호기롭게 눈밭을 헤쳐 나갔다.

그러다 그의 생각은 마치 조울증의 마지막 순간에서 곤두박질치듯, 천 길 낭떠러지로 떨어지며 산산조각 부서지기도 했다. 이 지경에서 아무도 몰래 차라리 꽝꽝 얼어붙어 얼음덩이처럼, 바위처럼 무념무상, 한 점이 됐으면!

그때마다 자신의 몸을 흔든 건, 아내의 무던한 눈빛이었다.

"그저 불청객이라고 생각해요."

아내는, 그가 벌써 일곱 달이 넘도록 안방을 뭉개고 있어도,

"그 손님이 가고 나면 설마 우릴 잊겠어요?"

하며 위로 아닌, 우스꽝스런 기대를 실어 말했다.

아직도 문학소녀인 듯, 아내는 세상을 그렇게 모르는 걸까. 그리고 미쳐 날뛰는 세상을 버티고 버티다 입은 전사의 우울증을 정말 대수롭지 않게 생각하는 걸까. 동통으로 잠 못 이루고 엎치락뒤치락하던, 그래 자신의 의식을 죽여야겠다는 극단으로 치달았던 이유를. 아내는 신음하는 그에게, '그건 더 큰 날개를 달기 위한 거'라고 위로했다. 외견상 멀쩡하니 그 말도 일리는 있게 들렸고 때론 그런 식의 위로가 약발이 되는 줄도 알지만…… 이제 그는 누가 뭐래도 도무지 엎어진 자리에서 일어나 다시 뛸 기분이 아니었다.

'이 무지막지한 세상은 어차피 희생자를 필요로 하거든', 그를 꼬드기는 한패거리의 목소리는 그랬다. 더구나 자신을 재물로 하여 오히려 한몫 챙기고 승승장구하는 놈들이 몇 개의 명줄을 가진 괴물처럼 악몽 속에서도 나타났다.

 이정표대로 첫 번째 폭포를 지나니 항아리같이 움쑥 패인 협곡이 나타났다. 야생 노루처럼 눈을 쳐들어보니 맞은편에 까만 굴이고 굴 앞에는 고드름이 왕관의 수렴처럼 반짝였다. 중국 진나라 왕손인 주도가 패망한 나라를 다시 세우려 군사를 일으켰다가 실패해 이곳에 도망 와 결국 신라의 마장군에게 화살을 맞아 죽었다는 곳. 그때 흘린 피가 계곡을 흥건히 적시며 핀 수달래가 봄이면 장관을 이룬다고 했다. 바람이 전하는 전설이 가슴을 저릿하게 했다. 이어 3폭포라는 곳을 지날 때 그는 깜짝 놀라 멈칫 걸음을 멈췄다.

 폭포 저 아래 뜻밖에도 한 뭉텅이로 뭉쳐진 듯한 남자가 눈에 띄었다. 물속에서 뭔가를 잡았다 놓았다, 잡았다 놓았다 희롱하는 모양이었다. 나무 등걸이나 야생초 뿌리로 보기에는 포동포동 살이 오른 게 예사롭지 않게 보였다. 아니라면 그야말로 '전설따라 삼천리'에 나오는 백여우의 미끼일 뿐인가. 일순 목털이 쭈뼛 섰지만, 그는 어름어름 계곡 아래로 걸음을 옮겼다.

 이윽고 빙폭 아래 물가로 가까이 가보니, 도대체 저것이 무언가.

 잘려진 다리였다.

 기껏 무명 동저고리나 걸친 사내는 아무 소리 않고 제 일에 열중이었다.

 저, 저럴 수가!

무릎 아래 잘려진 하얀 살덩이를 물에 담궈 휘휘 젓고 있는 모습이란, 숨마저 얼어붙게 했다.

"왜, 놀랐소?"

인기척에 겨우 돌아본 남자는 중년이라기엔 늙고, 노년이라기엔 젊은…… 완고한 세월의 한고비를 넘는 나이에, 흰자위는 없는 온통 검은 눈을 가진, 곰처럼 보였다. 그렇게 인두겁을 쓴 곰이 아닌가.

"……."

혀는 이미 딱딱하게 굳어 있었다.

"의족이외다, 저건. 그저 플라스틱으로 만들어진 것 같지만……."

그러고 보니 남자의 바지 오른발 쪽 품이 헐렁하게 비어 구겨진 채였다. 그렇게 더러워진 다리를 씻는 모습일까. 그는 눈을 질끔 감았다 뜨며 가슴 한켠에 남아 있던 숨을 흘렸다. 그리고는 더 머무를 기분이 아니었다.

"전기 없는 마을을 찾아가려는데요."

"아, 그러시오? 저 위 고개 넘어 한 마장만 가보슈."

그렇게 헤어진 후, 사내는 자꾸 뒤를 돌아봐야 했다.

그래서 찾은 곳은 고원의 분지였다. 얼지 않는 더운 개울을 따라 너덧 채의 초가집과 너와집이 있고, 밤이면 별이 지붕 위에 겹겹이 금줄을 치고, 아직 승냥이 울음소리가 교교하게 들리는…… 민박이랄 것 없이 그는 그 세상에 놓이고 말았다. 세

상에 이런 곳이 아직도 자신을 위해 비워져 있다는 사실이 손
안에 가득 잡히는 별처럼 믿어지지 않았던 것이다. 그렇게 금
세 사흘이 넘어서야 그는 편지를 보낸 주인공을 떠올렸고, 몇
안 되는 분지의 사람에게 수소문해봤다. 뒤늦게 고마운 뜻이라
도 전하고 싶은, 그 주인공이란 대체 누구란 말인가. 사슴할아
버지 말인가? 누군가 겨울이면 여기서 더 깊은 산속으로 들어
간다는 산장지기를 얘기했다. 바로 그 노인이겠군. 그는 직감
했다.

"참, 며칠 전 저 아래 폭포에서 고길 잡던 사람은 누굽니까?"

그는 아무렇지 않게 에둘러 물어봤다.

"벌써 몇 년째 저러고 있답니다. 교통사고를 당해 잘렸다던
가, 아무튼 그 흉칙한 물건을 주무르고 쓰다듬고, 물에 불렸다
햇볕에 말렸다…… 이런 엄동에도 며칠씩 저 짓이라니…… "

"왜……?"

"기어코 제 살덩이를 만들겠다고."

"……"

"그래 제 발로 걸어나가겠다고 쯧쯧, 돌았지 뭐."

중늙은이 둘이 묻거나말거나 저들의 대화처럼 들려준 얘기
는 그러했다.

그때 그의 뇌리에 얼음 부스러기들이 쏴아- 별똥별처럼 부서
져 내렸다.

혹시 그가 아닐까? 자신에게 뭔가 귀뜸해주겠다던 주인공

은!

그렇다면 도대체 어떻게 자신에게 편지를 보냈단 말인가?
그는 병풍 같은 마지막 산봉우리로 둘러싸인 분지의 눈길을 걸
어나가며 한편 수수께끼의 쫑긋한 감흥에, 한편 양 무릎 관절
마디마디를 욱신거리게 하는 숫눈의 설핏한 생명감에 휩싸였
다.

무명산은 부른다. 고단하고 지친 당신의 영혼을 감싸줄 그
곳.

당신은 그 산이 어디인지 아시는가.

한 번쯤은 가봤을 것이고, 그렇지 않더라도 꿈꾸었을 산. ✦

이경희

2008년 『실천문학』으로 등단. 소설집 『도베르는 개다』, 장편소설 『불의 여신 백파선』
『기억의 숲』, 동인집 『달의 무덤』(선택에 수록), 산문집 『에미는 괜찮다』.

신발

신발

그녀는 자신의 몸에서 물이 솟는다고 생각했다. 창문이 꼭꼭 닫혀 있어 비가 새는 것은 아니었다. 벽에 금이 간 것도 아니고 방바닥이 갈라진 것도 아니었다. 방문은 닫혀 있고 천장도 멀쩡했다. 어디 한군데 무너지거나 내려앉은 곳 또한 없었다. 방 안 그 어디에서도 물은 새지 않았다. 그러나 그녀는 자신의 몸에서 물이 솟는다는 걸 발견했다. 발바닥에서 처음 새어 나오기 시작한 물은 그다음에 발등에서 새어나왔다. 물은 종아리와 무릎 허벅지에서도 나왔고 물의 양은 걷잡을 수 없이 많아졌다. 그녀는 자신의 몸에서 솟는 물구멍을 막으려고 겹겹의 옷을 입어보기도 하고 온몸을 테이프로 붙여보기도 했다. 아무런 소용이 없었다. 그녀는 몸 속 구멍의 깊이를 알 수 없었고 얼마나 많은 양의 물이 그곳에 있는지도 가늠할 수 없었다. 이상한 것은 그녀가 방 안에 있을 때만 그런 일이 생긴다는 사실이었다. 하지만 그녀는 밖으로 나갈 수 없는 몸이 되었다. 그녀 스스로 밖으로 나가는 길을 잃어버렸고 누군가 그녀를 지키고 있어 방 밖으로는 좀처럼 나갈 수가 없었다.

　그녀는 젖어버린 양말을 벗었다. 방바닥은 벌써 축축하게 젖어 있었다. 그녀는 흠뻑 젖은 반바지와 팬티 위 속옷들을 모두 벗었다. 그녀는 이제 알몸이 되었다. 그녀는 계속해서 몸에서 솟는 물을 훑고 수건으로 닦아냈다. 그녀는 솟구치는 물 때문에 가슴이 답답하고 숨이 찼다. 그녀는 무덥고 캄캄한 한여름 밤 안에 있었다. 소리도 냄새도 없는 방 안에서 그녀는 오로지 자신의 몸에만 집중했다. 몸에서 솟은 물은 발가락이 잠길 정도로 형체를 드러냈다. 물은 소름이 돋을 정도로 차가웠다. 물은 조금씩 소릴 내며 꿈틀댔다. 그녀는 의자 위로 올라갔다. 물은 겨드랑이와 사타구니에서 더 맹렬하게 솟구쳤다. 더 이상 두 손으로 훑어낼 수 없는 지경이었다. 그녀는 터진 둑을 막기라도 하듯 무릎을 붙이고 두 손으로 꼭 끌어안았다. 그녀는 자신의 몸에서 물이 솟는 까닭을 알지 못했다. 언제부턴가 손으로 닦아낼 수 없을 정도의 땀이 흐르기 시작했다. 전에는 아무리 매운 음식을 먹거나 한여름 땡볕을 걸어도 그토록 많은 땀을 흘리지는 않았다. 그러나 점점 땀이 비 오듯 흘러 도저히 감당이 되지 않았다. 그녀는 주체할 수 없이 흐르는 땀 때문에 사람들 앞에 설 수 없었다. 사람들 역시 비 오듯 땀을 흘리는 그녀를 부담스러워했다. 그녀는 자주 우울감에 빠졌다. 친구들과의 약속은 미뤄지거나 취소되었다. 그녀의 공간은 점점 줄어들었다.

땀이 물로 변하기 시작한 것도 그쯤이었다. 몸 구석구석에 나 있는 구멍에서 땀이 아닌 물이 솟는다고 생각한 그녀는 물 때문에 옷을 입을 수도 밖으로 나갈 수도 없게 되었다.

물은 점점 방 안의 수위를 높여갔다. 그녀는 의자 다리까지 차오른 물 때문에 엉덩이를 높이 쳐들어야 했다. 차디찬 물이 그녀의 엉덩이를 철썩철썩 때렸다. 그녀는 온 힘을 다해 동그랗게 몸을 말았다. 하지만 물은 여전히 몸에서 솟구쳤고 방 안은 갈수록 시커먼 물로 불어났다. 물은 그녀의 엉덩이를 삼키더니 다음엔 허리를 삼키고 그다음엔 가슴 아래서 출렁거렸다. 그녀는 더 이상 버틸 수가 없었다. 그녀는 의자 위에서 벌떡 일어섰다. 그녀의 움직임에 놀란 물살이 의자를 뒤흔들었다. 그녀는 그만 중심을 잃고 의자 밑으로 떨어지고 말았다. 그녀는 소리치기 시작했다.

"살려 주세요! 여기 사람 있어요! 여기 사람 있어요!"

방문은 닫혀 있었다. 아니 물이 방문을 막고 있었다. 그녀의 소리는 출렁이는 물 때문에 밖으로 나가지 못했다. 그러나 그녀는 실망하지 않았다. 물이 계속해서 불어나고 있기는 하지만 그녀의 몸은 아직 모두 잠기지 않았다. 그녀는 끙끙거리며 다시 책상 위로 올라갔다. 책상 위에는 그녀가 벗어놓은 운동화가 빈 책꽂이 사이에 놓여 있었다. 그녀는 한 번도 신어보지 못한 하얀색 새 신발을 뚫어져라 바라보았다. 몸에서 더 이상 물이 나오지 않을 때 그녀는 새 신발을 신고 밖으로 나갈 것이었다. 그녀는 양손에 신발을 들고 두 손을 높이 쳐들었다. 물은 그사이 그녀의 젖가슴까지 차올라 있었다. 그녀는 부르르 떨었다. 그녀는 다시 한 번 죽을힘을 다해 소리쳤다.

"구해 주세요!"

"여기 사람 있어요!"

"저…… 제발 좀 나가게……!"

출렁이는 물이 그녀의 입을 틀어막았다. 물은 더 빠르고 거칠게 요동치며 그녀의 방을 휩쓸었다. 그녀가 벗어 놓은 옷과 그녀의 가방이 방 안을 둥둥 떠다녔다. 쓰레기통과 생리대, 먹다 버린 과자 봉지가 그녀 곁에서 이리저리 쓸려 다녔다. 그녀가 좋아하는 인형과 그녀가 아끼는 머리띠가 그녀의 턱밑까지 다가왔다가 사라졌다. 그녀는 신발 든 두 손을 번쩍 올린 채로 가쁜 숨을 내쉬었다.

"살려…… 주세요…….”

물은 잽싸게 그녀의 소리를 먹어 치웠다. 천장까지 차오른 물은 더 이상 출렁이지 않았다. 그녀의 목소리도, 시야도, 육신도 더 이상 고요한 물속에 갇히게 되었다. 누군가 방문을 열어 줄 때까지 그 고요한 물의 시간은 계속될 것이었다. 여전히 그녀는 그 물이 어디서 시작된 것인지 알지 못했다. 정체를 알 수 없는 물은 기어이 그녀를 둘러싼 세계가 되어버렸다. 시작도

끝도 없어진 물속에서 그녀가 할 수 있는 일이라고는 들고 있
는 운동화를 꼭 껴안는 것뿐이었다. 생명줄 한 켤레를 감싸 안
은 그녀는 참았던 숨을 토하며 '살아야겠다고' 외쳤다.

　이상했다. 물기 한 점 미금지 않은 보송보송한 운동화의 감
촉이 손끝에서 손바닥으로, 이윽고 가슴으로 전해졌다. 그녀는
질끈 감았던 눈을 살며시 떠 보았다. 반쯤 열린 방문 밖에서 희
미한 매미 소리가 들려왔다. ⨍

이은희

2015년 『세계일보』 『서울신문』 신춘문예로 등단. 소설집 『1004번의 파르티타』가
있음. e-mail:showuswhere@daum.net

저녁의 이치

저녁의 이치

　나는 언젠가부터 동물의 말을 듣게 되었다. 그것은 내가 사람대접을 받지 못하게 되면서부터였다. 나는 사물처럼, 어떨 때에는 보이지 않는 존재인 것처럼 취급받았다. 내가 주로 하는 말은 어서 오세요, 반갑습니다, 였는데 그런 것은 사람만 할 수 있는 말이 아니라는 것을, 어쩌면 사람 이하의 존재가 더 잘하는 말일 수도 있다는 것을 나도 알고 있었다. 가끔 그들은 내게 뭔가를 물었으나 답을 듣고도 고맙다는 말을 하지 않았다. '너는 무엄하고 말이 많구나' 라고 적힌 얼음 같은 얼굴로 쏘아보거나 내 대답이 끝나기도 전에 등을 돌리곤 했다. '착취당하는 주제에 말을 길게 하다니, 너는 불쾌하구나.' 나는 그들의 뒷모습에서 속마음을 읽곤 했다.

　동물의 말을 듣게 된 뒤 곤란한 것은 내가 먹은 동물들도 내게 말을 건다는 점이었다. 쾌적한 쇼핑 되십쇼, 라고 말하고 있는데 내 몸 어딘가에 녹아 있던 동물이 신호를 보내면 난처해졌다. 어떤 닭이 내 몸을 노크하고는 물었다. "왜 이렇게 캄캄하지, 저녁이야?" 어떤 돼지는 자기가 두고 온 새끼들이 누구에게 먹혔는지 알려달라고 말했다.

그들은 은밀한 고백을 하기도 했다. 살았을 때에 좋은 일이라고는 없었는데도 막상 죽을 때에는 죽는 것이 그렇게 무섭더라고 눈물을 흘리며 말했다. 어떤 소는 사는 동안 자기에게 좋은 일이 딱 한번은 있었다고 했다. 두 살 무렵 골반 안쪽에 심한 염증이 생겼었다고 했다. 그는 자기 엉덩이를 돌아볼 수도 없었으므로 아파서 울었다. 그런데 누군가 그것을 칼로 째 주었고 그 괴로움이 터져나갈 때에 후련한 기분을 느껴본 것이 좋은 기억이라고 말했다. 아마도 미국소인 것 같았지만 그렇다고 영어로 말하는 것은 아니기 때문에 의사소통에는 문제가 없었다.

하지만 참 곤란했던 것은 동물귀신들도 제가 죽었다는 것을 모른다는 점이었다. 소 귀신 미키(나중에는 그냥 이름을 붙여주었다)는 죽은 제 살에 머물러야 하는 나머지 내 몸속에 오래 붙어 있다가 인사도 없이 사라졌다. 미키가 몸 밖으로 완전히 나가던 날 나는 내 콧숨이 무척 뜨거워지는 것으로서 미키의 마지막 순간을 느끼게 되었다. 나는 내가 먹은 동물들에게 사죄했지만 그들은 사죄할 필요가 없다고 했다. 그들은 그것이 자기가 용서할 수 있는 문제가 아니라고 말했다. 죽은 뒤 고기가 되어 내

어금니에 씹힐 때 그들의 마음이 아팠다고 했다. 정액이 담긴 주사기가 어미의 엉덩이를 뚫던 때로부터 비롯된 그들이었지만 죄도 없이 살을 지니게 되었고, 그렇다면 영혼 또한 지니게 되는 것이 이치였다. 자기 살이 만끽당하는 순간을 목격하고 말았으므로, 그들은 입을 모아 내게 사죄하지 말라고 했다.

그러던 어느 날 나는, 내게 숭배 받는 것에 실패한 사람들이 노하여 나를 쓰러뜨리는 환영을 보게 되었다. 감히 너 같은 것이, 왜 나를 존경하지 않느냐면서 사람들은 날뛰었다. 주제 모르는 아랫것의 오만함은 심판받아야 한다고 말했다. 권리를 빼앗겼으니 분노하는 게 정당하다며 사람들은 내 배를 뜯었다. 마치 투명한 랩을 찢는 것처럼 사람들은 신이 나서 내 배를 찢어버렸다. 골뱅이처럼 생긴 것을 감아든 손가락을 본 것 같은데, 내장은 생각보다 탄력 있어서 휘젓는다고 하여 존엄을 완전히 잃지는 않았다. 내 얼굴 위로 끈끈한 침이 떨어지고, 악취 나는 목소리의 사람들은 그토록 대단한 자신들을 왜, 끝도 없이 흠숭해주지 않았느냐고 말했다. 어떤 사람은 구경만 했을 뿐이라고 말했고, 어떤 사람은 아무 말도 하지 않았으나 당신들이 내 꼴을 즐겼다는 사실은 절대로 변하지 않는다.

나는 코트자락을 여미듯 배를 쓸어 쥐었다. 나는 그들에게 사죄 받을 이유가 없다는 것을 알게 되었다. "너희는 내가 겪은 일을 겪게 될 거야, 이치니까." 나는 당신들을 용서하지 않을 것이다. 나를 죽여 고기로 찢는다면 당신 뱃속에서 당신의 살

스마트소설박인성문학상 후보작
이은희

이 되어 너를 용서하지 않을 것이다. 그렇게 되뇌는 동안 비가
내렸다.

나는 비에 젖은 채 점박이 고양이를 보고 있었다. 점박이의
머리를 가린 전단지를 들추고 눈을 감겨주려 했으나 그에게는
이미 눈이 없었다. 도로에는 으깨어진 점박이가 흘러넘쳤다.
빗물을 타고 점박이는 길이 이어진 곳이라면 어디에든 스며들
었다. 나는 점박이가 무언가를 먹다가 죽었다는 것을 알아챘
다. 넌 어디로 흘러갔니, 너는 누구였니, 지금은 누구니. 점박
이는 블록에 짓이겨진 입술로 남아 내 질문에 대답했다.

그는 태어난 지 여섯 달밖에 되지 않았고 평생 주차장 구석
에 숨어 지냈으나 너무 먹을 것이 없을 때에는 길까지 나와 먹
이를 구걸했다. 그날 그는 먹이로 유혹하던 사람에 대한 경계
를 버리지 않으려 했지만 끝내 굶주림에 지고 말았다. 그는 자
신이 먹는 중인지 죽는 중인지도 모른 채 죽었다. 위협하는 사
람을 피하며 살아왔으나 먹이를 주는 사람은 피하지 않았던 것
이 그를 죽게 만들었다. 주린 배를 채우던 중 그는 자신을 향해
날아오는 맥주병을 알아채지 못했다. 그리고는 이내 머리를 여
러 번 짓찧였는데, 그의 몸이 시킨 일인지 그의 생이 시킨 일인
지 알 수 없지만 마지막 숨을 몰아쉴 때에도 그는 먹이를 삼키
고 있었다.

먹이를 준 손으로 자신을 죽게 할 줄 몰랐다고, 점박이가 말
했다. 사람은 점박이의 굶주림을 끝까지 조롱하기 위해 그가

배를 채워보기 전에 쳐 죽였다. 사는 동안 그렇게 배가 고팠는데, 죽는 순간에 먹이를 물고 있었던 것은 잘한 일인지 잘하지 않은 일인지 모르겠다고 점박이가 말했다. 죄 없이 태어났지만 태어난 죄로 결국 죽게 된 것 아니겠느냐고, 점박이가 사라지고 난 뒤에도 그의 입술만은 오래 남아 있었고, 내가 그 길을 지날 때마다 입술이 말을 걸었다. 길을 걸을 때마다 저녁이었던 것만 같고, 어느 모퉁이든 들어설 때마다 비가 내렸던 것만 같았다.

나는 내가 사람이 아니라는 것을 생각했다. 그리고 그것이 좋은 일인지 좋지 않은 일인지 모르겠다고 생각했다. 점박이가 완전히 떠나던 날 나는 허공에서 달싹이는 그의 입술을 향해, 더는 할 말이 없느냐고 물었다. 그는 죽어 고기가 된 자들의 속마음을 털어놓았다. 제 운명도 모르면서 아직 숨 붙은 것들이 불쌍하다고 대답했다.

몸뚱이 지닌 것들은 결국 알게 될 것이라고,

저녁의 이치라고,

그가 말해 주었다. ✸

임옥희

영남대학교 국어국문학과 졸업. 2015년 『문학나무』추천작품상에 소설 「고뇌하는 뻐꾸기」 당선 등단. 전 오금고등학교 교사.

곰배령 가는 길

곰배령 가는 길

곰배령의 야생화 생태를 조사하는 단원으로 일한 지 벌써 10년째다. 일이라기보다 내 나름대로 봉사활동이었다. 설피 마을의 응달진 계곡에는 아직도 눈이 쌓여 있을 것이다. 밤 시간을 대비하여 오리털 점퍼를 배낭 속에 욱여넣었다. 양지바른 곳에서 봄빛을 먹고 자란 곰취 나물에 쌈을 싸서 먹을 삼겹살도 잊지 않았다. 우리는 4월 말 서울에서 강원도 점봉산 곰배령을 행해 출발했다. 우리가 탄 승용차는 산 정상을 향해 서서히 올라가는 중이었다. 자주 오가는 길이건만 오늘따라 수십 길 낭떠러지를 바라보니 간담이 서늘하였다. 나도 모르게 두 손을 모으고 눈을 감았다. 한 굽이를 돌아 내리막길로 접어들었다. 산허리쯤에 왔을 때 큰 돌이 길 가운데 있었다. "돌이다." 라고 내가 외쳤다. 명숙은 돌을 피하려고 핸들을 급하게 꺾었다. 승용차에서 끼익 하는 기계 소리는 귀의 고막이 터지는 듯 아팠다. 온몸에

소름이 오소소 돋았다. 명숙의 얼굴이 석고상같이 하얗게 질렸
다. 우리가 탄 차는 술 취한 사람이 운전하듯 비틀거렸다. 순식
간에 차는 허공에 붕 떴다. 벼랑 아래로 곤두박질치며 떨어졌다.

우리는 겁에 질려 엄마야!, 아야야!, 하며 서로 뒤엉키며 아
우성을 쳤다. 운전대를 꽉 잡고 있던 명숙이가 우리 이름을 차
례로 불렀다. 선희야, 윤영아, ……. 그다음은 어찌 됐는지 기
억이 나질 않았다. 잠시 시간이 흐른 뒤 온몸에 통증을 느끼며
눈을 떴다. 몸을 가눌 수 없으면서 주변을 두리번거렸다. 내 옆
자리에 앉았던 윤영이가 제일 먼저 눈에 들어왔다. 윤영이의
모습을 보고 소스라치게 깜짝 놀랐다. 몸은 헝겊으로 만든 인
형 몸통같이 팔은 팔대로 다리는 다리대로 흔들거리며 몸을 가
누지 못한다. 사지가 망가진 모습은 처참하였다. 내 이마에서
끈적거리는 액체가 얼굴로 흘러내렸다. 손수건과 휴지를 흠뻑
적셨는데도 멈추지 않았다. 두 손으로 얼굴을 문질렀다. 양손
을 흥건히 적신 피를 보며 으악!, 비명을 질렀다. 내 비명 소리
에 운전대에 엎드린 명숙이가 고개를 들었다. 연순은 찌그러진
자동차 문을 열려고 애를 썼다. 명숙이와 연순이는 타박상만
입었지 크게 다친 곳은 없어 보였다. 승용차는 휴지 조각을 뭉
쳐 놓은 것같이 찌그러졌다. 명숙이가 정신을 좀 차린 듯 스마
트폰을 꺼내 우리들의 위치를 추적하고 있었다.

"119죠, 차가 벼랑에서 굴렀어요."

"주소를 말씀해 주세요."

"강원도 인제군 기린면 진동리 제2 계곡에서 전복됐어요. 빨리요! 빨리!"

시간이 얼마간 지났다. 구조대원들이 우리를 구조하기 시작했다. 대원 중 한 사람이 나와 윤영은 심장이 멈췄다며 우리 둘을 접이식 들것에 눕히고 하얀 천으로 몸을 덮었다. 나는 대원들에게 죽지 않았다고 화를 벌컥 냈다. 대원들은 내 말을 들은 척도 하지 않고 자기들이 해야 할 일만 하였다. 옆에서 계속 말을 걸었지만, 그들은 알아듣지 못했다. 나는 흰 천을 몸에서 벗기려 했지만, 손에 잡히지 않았다. 내가 죽긴 죽었나. 아니야, 난 죽지 않았어. 이렇게 멀쩡한데 내가 왜 죽어. 죽었다 살았다 하면서 우리끼리 옥신각신 말다툼까지 벌였다. 봉사활동도 많이 했고 지금까지 정말 법이 없어도 사는 삶을 살아왔는데 왜 내가 죽어야 해. 난 인정할 수 없어. 홀로 계시는 어머니를 누가 돌본단 말인가. 걱정이 태산 같았다. 어머니에 대한 걱정 때문에 우울해졌다. 나와 윤영이는 상처 부위가 아프다고 징징댔다. 어떤 강력한 기운이 나와 윤영이를 휩쌌다. 회오리바람 속으로 순식간에 빨려들어 갔다. 바람이 멈춘 곳은 지금까지 내가 살던 공간이 아닌 낯선 곳이었다. 나는 어머니가 걱정되어서 집에 가봐야겠다고 생각하는 순간 이미 내 육신은 새의 깃털처럼 가벼워지면서 우리 집에 도착했다. 신기하게도 내가 왔는데 어

머니는 나를 알아보지 못한다. 그런데 예삐는 예나 지금이나
나를 보면서 환영식이 대단하였다. 예삐의 머리를 쓰다듬었다.

"잘 있었어?"
"엄마 얼굴에 웬 피가? 언니, 오빠는 병원에 갔어요."

이게 어찌 된 일인가. 우리 집 강아지 예삐가 사람처럼 말을
하였다. 기이한 현상들이 자꾸만 일어났다. 소파 위에 있는 신
문에 내 사진과 윤영이 사진이 커다랗게 박혀 있었다. 자동차
의 사고는 브레이크 파열로 탑승자 2명이 사망했다는 내용이
다. 어머니는 망연자실한 채 소파에 앉아 눈물만 훔쳤다. 하룻
밤 사이에 파삭 더 늙으셨다. 병원 빈소에는 내 젊은 시절 가장
화사한 웃음을 웃던 영정이 걸려 있었다. 아들과 딸은 심각하
게 대화를 주고받는데 가까이서 들어 보니 장례절차를 의논하
였다. 내가 옆에서 참견을 해도 알지 못했다. 엄마는 종교를 갖
지 않았으니 당연히 전통방식으로 해야 한다고 아들이 말했다.
딸은 기독교식으로 하면 엄마의 영혼이 천국으로 간다고 했다.
아들딸 대화에 끼어든 사람은 내 여동생이다. "아들 말이 맞
다." 며 명쾌히 결론을 내주었다. 빈소에는 친척들과 나와 인연
을 맺었던 사람들이 하나둘 모여들기 시작하였다. 나에게 돈을
빌려 간 은선이는 끝내 보이지 않았다. 사랑하는 가족들, 친지
들과 헤어진다고 생각하니 내 가슴은 예리한 칼날로 후벼 파듯

이 아프고 슬펐다. 이승은 내 자리가 없다. 수의(壽衣)를 입고 있으니 죽었다는 것을 인정할 수밖에 없다. 주검을 인정하고 나니 마음조차 가뿐하다. 나의 영혼과 육체가 마음대로 분리되고 시간과 공간을 초월하여 넘나들었다. 내 육신은 병원 냉동고 속에 잠을 자듯 누워 있는데 다른 하나의 육신은 가벼워지면서 관악산 햇불 바위 위에서 북쪽을 바라보았다. 가슴속에 아련한 추억이 떠올랐다. 기쁨과 슬픔, 행복과 불행, 사랑과 증오, 지혜와 미련이란 등등의 것들을 훌훌 다 벗어 던져버렸다. 윤영이가 걱정되었다. 윤영이네 집에 가봐야겠다고 생각했는데 마침 윤영이가 왔다. 윤영아! 우린 이 세상 사람이 아니란다. 영원한 생명을 누릴 권리를 가진 저승 사람이다. 우리가 한 발을 내딛는 순간 역시 강력한 회오리바람과 함께 이승으로 돌아왔다. 내가 살아생전 말하던 이승과 저승이 완전히 바뀌었다. 우리는 천국으로 가는 길. 연옥으로 가는 길. 지옥으로 가는 길이라고 쓰인 이정표 앞에 섰다. 이승 사람들은 다 어디로 갔을까.

"다 천국 가는 길을 택하지 누가 지옥 가는 길 택하겠어?"

나는 윤영이 눈을 빤히 쳐다보며 말했다. 우린 천국으로 가는 길을 택하고 이정표 앞에서 일 년 후에 다시 만날 것을 약속했다. 이제 나 혼자다. 싱그러운 바람이 불어 왔다. 향기 그윽한 꽃내음이 깔렸다. 맑은 햇살은 사랑하는 연인을 꼭 껴안듯이 나를 감싸 안았다. 나의 모든 기관은 젊어지는 샘물을 마신 듯이 16세 소녀의 모습으로 서서히 변하기 시작했다. 먹지 않아도 배가 고프지 않았다. 입은 옷은 저승에 있을 때 마지막으로 자녀들로부터 선물 받은 안동포로 지은 삼베옷이다. 색깔도 곱고 편안하고 마음에 들었다. 분명 혼잔데 고독하지도 무섭지도 않았다. 이승은 처음이라 낯선 곳이라야 하는데 모든 것들이 내 눈에 익숙하였다. 건너편에는 햇빛이 찬란한데 내가 서 있는 곳에는 싸락눈이 사그락사그락 소리를 내며 쌓인다. 다복솔에 내린 눈은 흰 꽃으로 다시 피어났다. 모든 것은 생각만 하면 다 이루어지는 것이 신기했다. 물빛이 고운 곳을 보고 싶었다. 어느새 구름이 자가용처럼 내 발밑에 와서 대기 중이다. 내가 가고 싶은 곳을 구름에게 말만 하면 어디든지 알아서 도착했다. 구름은 내가 저세상에서 자가용 타듯이 탔다. 첫 번째로 간 곳이 백두산 천지처럼 물빛이 고운 곳에 내렸다. 노란 달맞이꽃이 제비꽃과 놀다가 나에게 말을 걸어 왔다. "우리가 너의 머리를 예쁘게 만들어 줄게." 너무 신기하여 빙그레 웃었다. 그들은 내 머리 위에 올라와 앉았다. 천경자 화가의 그림 '등꽃 화관을 쓴 여인'처럼 물에 비친 나의 모습은 달맞이꽃 화관을 썼다. 몸통은 보랏빛 제비꽃에 파묻혀 있었다. 그윽한 향기가 물씬 풍겼다. 나의 모습이 너무 아름다워 그 자리를 떠날 수가 없었다. 기분이 좋아서 노래가 저절로 나왔다. 메아리가 되어오는 내 목소리에 흠뻑 취해버렸다. 이곳에서는 생명체나 무생

물들도 말을 한다. 온종일 새로운 환경을 탐색하느라 피곤할 텐데 그렇지 않았다. 사방에서 금빛이 쏟아졌다. 눈이 부실만큼 찬란하였다. 행복감과 충만감이 저승에서는 상상도 할 수 없는 일이었다. 이승에 와 보고서야 영원한 생명의 의미를 알게 되었다. 저승에 있는 제주도의 한라산 백록담에 가보았다. 웬 인간이 그렇게 많은지 인간 멀미가 나서 어지러웠다. 인간들에게서 악취가 풍겨 잠시도 버틸 수 없었다. 아들과 딸 집에 갔다. 나에 대한 그리움과 슬픔이 좀 가셔진 것 같았다. 그들도 하루가 바쁘게 열심히 살고 있었다. 나도 가족과의 이별이 가끔 생각났지만 잊어버리기로 했다. 저승에서 대추나무에 연줄 걸리듯 얽힌 인연들이 하나둘 정을 떼어 낼 무렵에 온 천지를 울리는 목소리가 들렸다. 직감적으로 하느님의 목소리라는 것을 알았다. 순간 나는 꿇어앉으며 두 손을 합장했다. 저승에 있을 때 모르고 지은 죄가 커서 겁이 덜컥 났다. 이승에서 꼭해야 할 일은 하느님을 만나는 일이고 다른 하나는 남편을 만나는 일이다. 남편을 찾으러 가야겠다는 생각을 했는데 구름이 내 발밑에 대기 하였다. 어쩌자고 나는 곰배령으로 가자고 했다. 순간 구름이 흔적도 없이 사라졌다. 나는 허공에서 헛발질을 하며 있는 힘을 다해 고함을 질렀다. 그 소리가 내 귀에도 어렴풋이 들렸다. 나는 허공에서 땅으로 내리꽂혔다. 침대서 돌아눕다가 방바닥으로 떨어진 것이다. 꿈이었다. 조사원들과 만나기로 한 시간이 얼마 남지 않았다. 서둘러 집을 나섰다. 오늘 운전은 조심해야겠다. ✤

임재희

미국 하와이주립대학 사회복지학과와 중앙대 대학원 문예창작학과를 졸업했다.
2013년 세계문학상 우수작 장편 『당신의 파라다이스』를 발표하며 작품활동을 시작
했다. 옮긴 책으로 『라이프 리스트』가 있다. e-mail:vhyunlim@hanmail.net

카드와 비드

카드와 비드

　여자는 남자가 건네준 카드를 손으로 만지작거렸다.

　"하루 한 끼 밥 사먹고 커피……. 그 정도면 한 달 이자 43만 원 맞지?"

　남자가 말했다. 이자를 현금으로 지급하기도 이제 벅찬 모양이었다.

　둘은 3년 전에 헤어졌다. 아이도 없고 집도 없었지만 둘의 빚이 남아 있었다. 원금이 무덤처럼 자리를 지키고 있으니 이혼을 했어도 남이 아니었다.

　"그럼 우리 이제 만날 일이 없는 거네?"

　한 달에 한 번. 남자가 이자를 가져오던 날을 은근히 기다리고 있었다는 사실에 여자는 조금 놀라 물었다.

　커피 마시는구나? 여자는 문자를 확인하고 깜짝 놀랐다. 남자에게 카드 사용내역이 전송된다는 사실을 모르고 있었다. 반가운 마음에 물었다. 뭐해? 일. 어디? 오늘은 마포. 힘들어? 응.

여자는 자주 카드를 썼다. 남자에게서 늘 문자가 날아드는 건 아니었지만 기다리는 마음이 없지 않았다. 국밥을 먹었는데 영수증에 XX물산이라 찍혔다든가, 약국에서 감기약을 샀는데 XX상사라고 찍혀 있을 경우. 어디야? 뭐 산 거야? 잘 있지? 라는 문자가 들어왔다. 여자는 보고 싶은 마음을 들킨 사람처럼 잠시 설렜고 카드를 쓸 때마다 6년간의 연애와 5년간의 결혼생활을 추억했다. 행복했던 날들도 많았다.

"한도 초관데요?"

"네?"

"다른 카드 주실래요?"

여자의 손에는 좋아하지도 않는 생크림 케이크가 생뚱맞게 들려 있었다. 남자와 약속한 금액을 한 달도 되기 전에 다 써버린 게 믿기지 않았다. 카드 금액을 납부할 때까지 남자가 안부를 물어올 일은 없을 거였다.

여자는 번호표를 뽑아들고 벽걸이 TV화면을 응시했다. 용접공이 두 개의 철을 잇대고 있는 장면이었다. 푸른 불꽃이 칼끝처럼 날카로웠다. 끊어졌던 두 조각이 이어진 자리에 작은 돌기들이 만들어졌다. 눈물 같고 구슬 같았다. "비드라고 불러요.

철이 녹았다 굳어진 자리지요." 용접공이 보호안경을 벗으며
말했다.

여자의 번호가 전광판에 떴다. 여자는 주인에게 가불한 10만
원과 함께 남자의 카드를 은행직원에게 내밀었다.

"카드 결제금을 미리 납부하려고요."

여자는 10만 원어치의 배터리를 충전한 기분이 들었다. 카드
숫자가 돌기처럼 오돌토돌하게 솟아오른 자리를 손가락으로
쓸어보았다. 점자를 더듬는 기분이었다. 두 개의 철이 다시 이
어지며 남긴 상처의 흔적과 다르지 않았다. 카드나 비드나! 여
자는 자신도 모르게 혼자 중얼거렸다. ⚡

한차현

1999년 『피력들』 발표 이후 장편소설 『Z, 살아있는 시체들의 나라』『우리의 밤은 당
신의 낮보다 요란하다』『슬픔장애재활클리닉』『사랑, 그 녀석』『변신』『숨은 새끼 잠든
새끼 헤맨 새끼』『여관』『왼쪽 손목이 시릴 때』『영광 전당포 살인사건』과 장편동화
『세상 끝에서 온 아이』와 소설집 『내가 꾸는 꿈의 잠은 미친 꿈이 잠든 꿈이고 네가
잠든 잠의 꿈은 죽은 잠이 꿈꾼 잠이다』『대답해 미친 게 아니라고』『사랑이라니 여름
씨는 미친 게 아닐까』 등을 펴냈다. 이즈음 정릉 자락의 작은 아파트에서 1990대를
관통하는 장편소설 『사랑할 땐 사랑이 보이지 않았네』를 연재(everybook.co.kr) 중이다.

목격

목격

"그런데 오빠."

여자가 남자의 벗은 품에 파고들었다.

"우리 남편, 어떻게 죽었는지 알아요?"

남자가 여자의 벗은 어깨를 쓰다듬었다. 침대 시트에서 달콤한 섬유유연제 냄새가 났다.

"······자살했다며."

"그러니까, 어떻게 그랬는지 아느냐고."

"모르지."

키위모텔 304호. 불 꺼진 객실에 TV가 열심히 떠들고 있다. 검찰 조사를 앞두고 돌연 자살한 L그룹 부회장에 관한 뉴스가 끝나고, 앵커는 새롭게 드러난 통영함 납품비리 관련 소식을 열심히 전하는 중이었다.

여자와 남자가 처음 만난 것은 지난달 두 번째 화요일. 남자가 운영하는 초밥집이었다. 그날 저녁 9시 15분. 여자가 먹은 새우초밥과 광어뱃살초밥을 쥐던 때의 손바닥 감촉을, 발음 쉽지 않은 일본 술 이름을 말할 때 오물거리던 여자의 입술 모양을 남자는 지금도 생생하게 기억한다. 첫 키스를 나누고 백금 목걸이를 주고받은 것은 지난주 토요일이었으며 서로의 맨살을 나누어가진 것은 오늘이 처음이었다.

"되게 이상했어. 그런 걸 블랙코미디라고 하나? 무섭고 끔찍한 장면인데 막 웃음이 나오는, 그런 거 있잖아요."

여자가 담배를 물었고 남자가 불을 붙여주었다. 라이터 불빛에 여자의 작은 얼굴이 환히 빛났다. 동그란 이마 선명한 눈썹 커다랗고 깊은 눈. 34살이라니. 적어도 10살은 어려보이는 외모.

"많이 놀랐겠네."

"놀랐지. 장난 아니었지."

"가엾어라."

"못 잊을 거 같아. 평생."

"잊어야지. 그래야 살지. 힘 내. 내가 도와줄게."

부도. 은행 빚. 우울증. 그리고 자살. 이즈음 접하기 힘든 사례는 아니었다. 흔해빠진 이웃 이야기 정도로 치부할 개인의 비극 또한 아니었지만. TV를 켜는 게 아니었어. 채널을 뉴스에 맞추는 게 아니었어.

"오빠가 뭘 어떻게 도와줄 건데?"

"그건."

남자가 여자의 이마에 입을 맞추었다. 쪽.

"차차 생각해봐야지. 진지하게."

남자의 마음속에 여자라는 공간이 분명하게 자리잡은 것은, 두 사람의 만남 자체가 그렇지만 그리 오래지 않은 일이다. 세 번째로 만나던 날. 야간 개장한 놀이공원 입구에서 딸기향 솜사탕을 사다가 느닷없는 생각을 해보았던 것 같다. 이 여자. 함께 산다면 어떨까. 모르긴 몰라도 예전보다야 낮지 않을까. 지금보다도, 조금은 낮지 않을까. 2년 전에 이혼한 뒤 애인이라면 모를까 재혼 같은 것은 상상도 해본 적이 없는 남자였다.

"의자에 올라간 채로 뻣뻣하게 서 있는 거야. 발끝으로 겨우 선 채."

여자가 길게 담배연기를 내뿜었다. 작년 이맘때의 끔찍했던 장면이 새삼 떠오르는가.

"무슨 이야기인 줄 알겠어요? 천장에 어찌어찌 목을 매기는 했는데, 숨이 막히니 본능적으로 그렇게 발끝을 세워서 위태위태 의자를 딛고 서 있었던 거지."

"그 장면, 직접 목격한 거야?"

"아, 물론 보험사에는 말 안 했죠. ……내가 이야기한 적 없던가?"

여자의 천진한 목소리가 남자의 귀를 간질였다.

"이건 완전 어이가 없잖아. 그래서 내가 냅다 한 마디했지.

여보. 여보! 당신 지금 뭐하는 거야?"

　여자가 누운 채 몸을 돌려 남자를 바라보았다. 침대가 삐걱, 조그맣게 신음했다. 여자의 말랑한 젖가슴이 남자의 팔에 와 닿았다.

　"이 남자가 화들짝 놀라서 나를 돌아보더라고. 집에 아무도 없는 줄 알았나봐. 그 순간 삐끗 발끝을 헛디디고, 버둥대다가 걸어 채인 의자가 뒤로 벌렁 자빠지고, 제대로 목을 맨 상황이 된 거지."

　남자가 숨을 멈추었다. 여자의 따뜻한 살갖이 와 닿은 부위에 오소소, 굵은 소름이 돋기 시작했다.

　"공중에 매달려 허우적허우적, 무슨 말을 하려는지 나를 향해 입을 달싹거리는데 도통 알아들을 수가 있어야지. 얼굴은 시뻘개져서는. 그 모습이 끔찍하면서도 어찌나 웃기던지. 안 그래요? 그러려면 목은 왜 매. 죽는 방법이 그거밖에 없는 것도 아니고." ⚡

2017년 봄 후보작

김의경

2014년 『한국경제』 청년신춘문예로 등단. 장편소설 『청춘 파산』이 있다.
e-mail : mulgunamu33@hanmail.net

구경하는 집

스마트소설박인성문학상 후보작
김의경

구경하는 집

210동 입구에는 보라색 플래카드가 세워져 있었다. 보라색 플래카드에는 노란색 글자로 이렇게 적혀 있었다. 구경하는 집 210동 702호, 친환경벽지, 천연대리석, 노블인테리어.

여자는 18개월 된 아이의 손을 잡고 엘리베이터에 올라탔다. 여자가 7층에서 내리자 아래에 있던 것과 같은 플래카드가 현관문 옆 벽에도 붙어 있었다. 그 집에 발을 디딘 순간 여자는 절로 입이 벌어졌다. 여자는 애써 입을 다물려 하지도 않았다. 그곳에는 다행히 다른 구경꾼이 많지 않았다. 여자와 또래인 주부가 양손에 서너 살 된 계집아이와 사내아이의 손을 잡고 집을 둘러보고 있었다. 여자는 사내아이가 손바닥으로 벽지를 문지르는 것이 유난히 거슬렸다.

가장 먼저 여자를 사로잡은 것은 편백나무 향이었다. 아직 보기도 전인데 집 안쪽에서 싱그러운 냄새가 흘러나왔다. 냄새의 진원지는 거실 소파월이었다. 아이보리색 벽지와 편백나무 소파월은 잘 어우러져 흡사 삼림욕장에 온 것 같았다. 흰색 대리석으로 시공한 거실 바닥을 본 여자의 입에서 감탄이 흘러나왔다. 햇살이 대리석 위에서 우아한 블루스를 추고 있었는데 마치 빙판처럼 보여 햇살에 녹지 않을까 걱정이 될 정도였다.

모든 것이 여자가 꿈꾸던 그대로였다. 아니, 그 이상이었다. 집의 인테리어는 여자의 마음에 쏙 들었다. 여자의 의견이 반영된 집이니 당연한 일이었다.

젊은 여직원이 여자에게 다가와 말했다.

"따뜻한 차 한 잔 하시겠어요?"

시공업체 직원은 다행히 여자를 알아보지 못하는 것 같았다.

여자가 입주를 석 달이나 미루고 집을 '구경하는 집'으로 내놓은 것은 새집증후군이 걱정되어서였다. 새집에서는 아이가 아토피에 걸릴 수 있으니 입주 전에 집 안의 공기를 환기할 시간을 두는 것이 좋을 것이라고 생각했다. 아니, 더 솔직한 답변은 한 푼이라도 돈을 아끼고 싶었기 때문일 것이다. 아이는 곧 자랄 것이고 돈이 들어갈 곳은 점점 더 늘어날 것이었다.

여자의 남편은 집을 구경거리로 만드는 것에 처음부터 반대했다. 새로 지어진 아파트에 수많은 사람들이 드나들면 부정이 탄다고 했다. 실제로 구경하는 집으로 집을 빌려줬다가 시공업체와 분쟁이 일어난 사례가 많아서 여자도 고민이 많았다. 시공업체가 집주인의 의사를 무시하고 자기들 마음대로 도배를 하기도 하고, 업자들이 새집 화장실을 사용하는 것은 물론 집 안에서 담배를 피우기도 한다고 했다. 그 정도면 양반이었다. 인터넷에서 '구경하는 집'을 검색하면 믿을 수 없는 글들이 줄줄이 올라왔다. 업자들이 화장실이 아니라 베란다에 똥을 싼다는 황당한 글이 보였다. 터무니없이 높은 가격을 부르는 업체부터, 날림 공사를 하고서는 추가 공사 비용을 요구한 다음에 돈을 입금하면 연락 두절되는 무등록업체가 태반이라는 글도 있었다. 그래도 여자는 돈을 조금이라도 더 아끼고 싶었다. 여자는 인터넷에 글을 올린 사람들이 유난을 떤다고 생각했다. 업자도 사람인데 일을 하다가 일터에서 대소변을 보는 것은 당연한 일 아닌가? 날림 공사를 하는 무등록업체가 많다고? 여자는 업체의 사업자등록증을 확인하고 직접 사무실 위치를 확인해가며 시공업체를 결정했다. 그렇게 안전을 기했음에도 불구하고 말로만 철저한 AS를 보장한다고 하지 실제로 입주자가 AS를 요구할 경우 딴 소리를 한다는 소문에 걱정을 했던 것이 사실이었다. 하지만 집의 인테리어는 여자의 마음에 쏙 들었으므로 AS는 필요 없을 것 같았다.

여자의 남편 말에 따르면 여자는 쉽게 만족하는 까다롭지 않은 사람이었다. 그 말은 비아냥거림에 가까웠지만 여자는 그것이 행복의 비결이라고 믿고 있었다. 여자는 작은 것에도 행복해하는 사람이었다. 하지만 지금에 와서는 그런 행운조차 여자에게 닥친 불행을 강조하는 역할을 할 뿐이었다.

여자는 시공업체 직원이 전화통화를 하는 사이 종이컵을 손에 들고 널찍한 베란다로 들어갔다. 여자는 어제 구치소에서 만난 남편이 유리벽 너머로 아이를 건너다보며 한 말을 떠올렸다.

"석 달이라도 들어가 살았더라면 좋았을걸."

하지만 여자는 그럴 바에야 아예 들어가지 못한 것이 나았다고 생각했다. 가슴이 시원하게 뻥 뚫리는 초록빛 조망과 저 멀리 반짝이는 한강을 내려다보자 그 생각은 더욱 확고해졌다.

남편이 구치소에 들어간 후 얼마 안 되어 집은 은행으로 넘어갔다. 곧 경매에 붙여질 거라고 했다. 여자도 남편의 사업이 어렵다는 것 정도는 알고 있었다. 하지만 부도 위기라는 말은 한 번도 듣지 못했다. 여자는 구치소에서 남편을 만났을 때 그새 10년은 폭삭 늙어버린 모습에 놀라서 만나면 하려고 준비해둔 말을 하나도 하지 못했다.

한때는 자기 집이었던 210동 702호 베란다에서 여자는 한참 동안 멍하니 서 있었다. 그리고 다시 거실로 돌아와 매끈한 대리석을 발로 밟아봤다. 천연벽지를 다시 한 번 쳐다보고 손으로 만져봤다. 편백나무 향을 깊이 들이마셨다. 여자가 그 집에서 할 수 있는 건 오직 '구경하는 것'뿐이었다.

여자는 반지하 집에서 신혼살림을 시작했다. 반지하 집은 여름이면 벽에 곰팡이가 슬었다. 장판도 몇 년 지나자 보기 싫게 뜯어졌다. 여자는 7년 뒤로 출산을 미루었다. 여자도 언젠가는

스마트소설박인성문학상 후보작
김의경

텔레비전 드라마에 나오는 것과 같은 멋진 집에서 살아보고 싶었다. 여자는 집을 사기 위해 궁상스럽다는 소리를 들을 정도로 절약했고 틈틈이 남의 집 일도 했다. 강남의 고급아파트에서 청소를 할 때마다 여자는 가슴이 두근거렸다. 여자는 언젠가는 자신도 이런 집에서 살게 될 거라고 굳게 믿었다. 그리고 드디어 꿈에 그리던 32평형 아파트를 계약했다.

이 집은 이제 여자의 집이 아닌데 아이는 어느새 작은 방에 들어가 있었다. 아이는 집 안을 방방 뛰어다녔다. 여자는 고개를 갸웃거렸다. 쟤가 언제부터 저렇게 잘 뛰었더라? 아이는 종종 집 안에서 넘어지곤 했다. 좁은 반지하 집에서와는 다르게 거실을 뛰어다니는 아이가 밉지 않았다. 여자는 거실 바닥만은 새하얀 대리석으로 깔고 싶었다. 하얀 햇살이 대리석 위에 가득 고이는 것처럼 집 안에 행복이 넘쳐날 거라고 생각했다. 대리석은 미끄러워서 아이들이 넘어져 다칠 수 있다는 말에 시공 전에 한참을 고민한 것이 우스울 정도로 아이는 대리석을 좋아하는 것 같았다.

"그만해. 아랫집에서 올라와."

아이는 알았다고 하고서 계속해서 뛰어다녔다. 잠시 후 정말로 아랫집에서 사람이 올라왔다. 여자는 아랫집 여자에게 고개 숙여 미안하다고 사과했다. 아랫집 여자가 돌아간 후 여자는 아이에게 말했다.

"이제 그만 가자."

여자는 난감해졌다. 아무리 말해도 아이는 구경하는 집에서 나오려 하지 않았다. 마치 엄마의 말은 들리지도 않는다는 듯이 집 안을 이리저리 헤집고 다녔다. 뒤돌아선 여자는 눈을 휘둥그레 떴다.

"당신, 언제 왔어?"

남편이 소파에 드러누워 과일을 먹고 있었다. 벌써 구치소에서 나온 걸까? 남편은 너무나 태연하게 사과를 입에 넣고 있었다. 여자도 남편의 곁으로 다가가 남편의 발을 자신의 무릎 위에 올리고 앉았다. 아이가 다가와 여자의 발치에 앉았다. 텔레비전에는 여자가 좋아하는 개그맨이 나오고 있었다. 남편이 갑자기 크게 웃었다. 여자도 아이도 남편을 따라 웃었다. 남편은 자리에서 일어나더니 베란다로 담배를 피우러 나갔다. 여자는 큰 소리로 남편에게 말했다.

"여보, 담배 피우지 마. 윗집에서 내려와."

아니나 다를까, 금세 누군가 집 안으로 들어오는 소리가 들렸다. 이번에는 한 사람이 아니었다. 우르르 대여섯 명의 남녀가 한꺼번에 들어와 집 안을 구경하기 시작했다. ✶

나경화

1982년 출생. 2012년 『문학사상』 소설부문 신인상 수상.
e-mail:ythph@hanmail.net

땅거미

땅거미

아홉수라고, 이래저래 9년 근속한 회사 생활 끝에 태인은 드디어 인내심이 한계에 다다랐다. 어두운 터널 한복판에서 헤매는 심정으로 며칠 여행을 떠나기로 했다. 성욕처럼 불쑥 솟아오른 욕망이었다. 삶은 전쟁이라던데, 전의를 상실하고 무기력에 사로잡혀 이러지도 저러지도 못한 채 가슴앓이만 하던 시기였다. 자전거를 타고 동서울터미널로 무작정 향했다. 잠실철교 인도를 건너는데 건너편 철로에서 초록색 2호선이 쇳소리를 내며 튀어나와 잠실나루역을 향해 돌진했다. 스치듯 목격한 지하철 내부는 퇴근길 인파로 만원이었다. 순간, 지하철 속의 나—자전거를 탄 채 한강을 건너고 있는 자신을 물끄러미 바라보는 또 하나의 나—와 눈이 마주친 기분이었다고 태인은 느꼈다.

그렇게 여기저기 돌아다니다 김현기라는 사람을 만났다. 김현기는 태인보다 열 살은 많아 보였고 늘 적당히 술에 취해 있었지만, 신사적인 태도로 호감을 샀다. 태인이 아는 진짜 주당들처럼 망가지지 않고 기분이 좋아질 정도로만 취할 줄 아는 게, 그 역시 진짜 주당이었다. 그들은 발걸음 내키는 대로 동행하다가 언제라도 헤어질 수 있도록 약속한, 말하자면 동반 나그네 신세였다.

고백하건대 제가 상상하는 저만의 천국은 안과에만 존재합니다,고 김현기가 말했다. 기분 내키는 대로 올라탄 어느 고속버스 안에서였다. 오래전부터 눈을 감으면 떠오르는 이미지 하나가 있는데, 그것은 바로 구름 한 점 없는 오후의 새파란 하늘에 알록달록 두둥실 떠 있는 열기구의 모습입니다. 아, 그곳은 왠지 근심·걱정이라고는 철저히 거세된 어느 유럽 동화 속 꿈나라 같지요. 낯익지 않습니까? 네, 맞아요. 안과에 가면 볼 수 있는 그것이 맞아요. 시력 측정기 앞에 앉아서 턱을 턱받이에 대고 이마를 고정한 채 눈앞의 검은 구멍 안을 들여다보면 펼쳐지는 엄지손톱만 한, 작고 반짝이는 세계. 우스꽝스럽게도 거기가 바로 저의 이상향이지요. 언제부터인지는 모르지만, 아니, 안경을 쓰기 시작한 게 중학생 때니까 대략 십오륙 세 무렵부터 품어온 환상이겠군요. 이발소 그림 같은 그 상투성의 세계에 들어가는 상상을 하곤 합니다. 어렵지 않아요. 호흡을 조금만 가다듬고 눈을 감으면 출근길 지하철에서건 새벽 두 시의 노래방에서건 그곳으로 이동할 수 있습니다. 몽상 속 세상에서, 햇볕이 쏟아지는 잔디 언덕에 누워 달콤한 풀 냄새를 맡거나 동그란 열기구를 타고 두둥실 날아올라 부드러운 미풍에 기분 좋게 흔들리며 세상을 굽어보고는 하지요. 천천히, 여유롭게. 급할 건 하나도 없습니다. 그러면 저 밀리 둥그렇게 휘어진 지평선 너머 그림 같은 세상이 끝없이, 느릿느릿 다가오며 펼쳐집니다. 쌍안경을 뒤집어쓰고 걸을 때처럼. 무슨 말인지 아시겠어요? 물론 그곳에선 시끄럽게 통화하는 이웃 혹은 우리를 감시하는 악덕 사장 따위는 존재하지 않겠지요. 그 밖에도 그곳에선 꽤 많은 일을 벌일 수 있는데, 상상력이라는 영토란 개척하기 나름입니다. 자발적으로, 부지런히. 무인도에 표착한 로빈슨 크루소처럼, 하고 김현기가 말했다.

그들은 강원도 어디쯤에선가 버스를 타고 이동 중이었다. 태백산에서 멀지 않은 곳이라고만 알았지, 정확히 어디쯤인지는 몰랐다. 해가 넘어가며 동쪽에서부터 어둠이 퍼지고 있었다. 땅거미라는 단어를 처음 배운 어린 시절이 떠올랐고, 그 시절 상상했던 모습 그대로 기다란 다리 여럿 달린 거대한 검은 거미들이 논밭을 사방팔방 분주히 가로지르며 기어 다니는 모습이 해질녘 차창 밖으로 펼쳐지는 듯했다. 그들이 지나간 자리마다 어둠이 그림자처럼 물들며 밤은 짙어져 갔다. 어디로 가는지, 어디쯤인지 적당히 무지했기에 늘 기분 좋은 가벼운 긴장 상태를 유지할 수 있었다. 그게 여행의 의미인지도 모른다고 태인이 말하자 김현기는 잠시 침묵을 지키더니 무겁게 입을 열었다. 그렇습니다. 맞는 말일 수도 있지요. 가벼운 긴장, 즉 기분 좋은 자극은 적당히 색다른 시도에서 나오고 그게 삶에 활력을 주곤 합니다. 우리는 흔히 여행을 일상에서의 탈출이라고 쉽게 얘기하지요. 화병 속 시든 꽃이 보드랍게 부풀어오른 봄의 흙을 갈망하듯, 숨 막히는 일상에서 탈출하고 싶다고. 그러면 행복해지지 않을까. 하지만 정말 그럴까요? 우리에게 필요한 건 어쩌면 일상의 회복이 아닐까 싶습니다. 탈출이 아닌 회복. 무너져버린 일상 속에서 휘청거리는 사람이 너 나 할 것 없이 너무나 많다고 생각하지 않으십니까. 아귀가 맞지 않는 톱니바퀴처럼 덜거덕거리며 꾸역꾸역 굴러왔는데, 어느 순간 뒤돌아보니 슬픈 지옥으로 변해버린 자신의 삶을 발견한다는. 눈에 보이지 않는 카르마의 그물에 걸려들어서 허공에 열심히 시퍼런 칼질을 해대다가 지친 나머지 어느 날 곰곰이 생각해보니 지난간 삶이란 고작 약간의 쾌락에다 헤어날 길 없는 신경쇠약뿐이었고, 앞으로의 삶도 별반 다르지 않을 것을 깨닫는다는. 하지만 더욱 잔인한 사실은 한 번 무너진 우리 일상은 회복되기 어렵다는 겁니다. 일상은 곧 우리의 전부이니까요.

비관적이시군요, 라고 태인이 대답하자 비극적인 것이겠지요, 라고 김현기가 대답한 다음 졸라, 라고 덧붙였다. 그때 뒷좌석에 앉은 젊은 여자가 버스 천장의 환풍구를 가리키며 키가 안 닿아서 그런데 죄송하지만 닫아줄 수 있냐고 태인에게 부탁했다. 활짝 열린 환풍구를 통해 가는 비가 들이치고 있었다. 일어서서 두 손으로 손잡이를 잡고 체중을 실어 아래로 당기자 육중한 무게감과 함께 환풍구가 닫혔다. 여자가 작게 고개를 숙이며 고맙습니다, 라고 인사했다.

버스에서 내렸을 때 싸라기눈이 내리기 시작했다. 딱딱하고 잘 녹지 않는 눈이 길바닥에 쌓여 모래와 함께 알알이 흩날렸다. 강풍이 불자 발밑에서 굴러가는 눈발이 백사(白蛇)의 형태로 뒤엉켜 꼬불거렸다. 한 줄기 마지막 빛이 먹구름을 훑고 지나가며 성스러우면서도 희망적인 분위기를 연출했고, 그 천상의 빛마저 스러지고 나니 시골길은 어둠뿐이었다. 이따금 멀리서 들려오는 개 짖는 소리가 적막을 깼고, 그 짖음의 맹렬함에 비례하여 세상은 한층 더 깊은 고요에 빠지는 듯했다.

이른 아침 요의를 느끼고 화장실로 들어가 오줌을 누었다. 눈이 부셔서 등뒤로 반쯤 열린 화장실 문을 완전히 닫자 시야가 암흑에 잠겼다. 어둠 속에서, 눈앞에 주황빛, 초록빛 얼룩 반점이 어룽거렸다. 잠결에도 쏟아져 나오는 오줌이 변기 뚜껑에 튈까 봐 무릎의 각도를 조금씩 이리저리 조절했다. 습관처럼 전립선을 꾹 눌러서 잔뇨를 빼내고 오줌을 털고서 손등에 묻은 오줌 방울을 티셔츠에 대충 문질러 닦았다. 잠이 덜 깬 태인은 다시 드러누워 두 번째 잠에 깊게 빠져들어 갔다. 다시 눈 떴을 때, 연락되지 않는 연락처를 적어 둔 쪽지만 남겨 놓은 채 김현기는 사라지고 없었다.

　시간이 쏜살같이 흐른다는 표현이 참 진부하면서도 와 닿는 말 같죠? 다시 만났을 때 김현기가 말했다. 1년 반쯤이나 지난 후였다. 한 살 반을 더 먹은 태인의 인생은 더 좋을 것도 그렇다고 나빠진 것도 없는 것 같이 보였지만, 생명체를 관찰하는 생태학자의 현미경적 시선으로 미세하게 들여다본다고 가정하면 점점 더 나쁜 쪽으로 흐르고 있는 게 맞지 않을까 싶었다. 의류 부자재를 만드는 회사로 이직한 지 반년이 넘었지만, 상사와의 불화로 그만두고 싶은 마음만 굴뚝같았고, 조그만 독서실을 운영하는 아내는 아내 나름대로 고민이 많았는데, 속 깊은 얘기를 털어놓기에는 두 사람은 이미 서로 남처럼 느껴졌을 뿐더러, 정말로 그랬다가는 감당할 수 없는 격랑이 두 사람을 집어삼킬 것만 같아 엄두도 못 내는 상황이었다. 한겨울의 서울역 허름한 고깃집에서 소금을 많이 묻힌 고기를 먹다가 아우, 짜하며 눈을 꼭 감고 혓바닥을 내밀며 진저리를 치는 모습을 본 순간, 그때 그 찰나의 사소한 사랑의 전율에 감전돼 이 여자와 결혼해야겠다고 결심한 그 순간이 문득 어제 일처럼 떠올랐다. 땅거미에 잠식당한 어둡고 조그만 무인도의 로빈슨 크루소와 토인 프라이데이.

　김현기는 예전보다 분명히 살이 찐 것 같았다. 여기저기 꽤나 군살이 붙어서 그와 마주한 미국인이라면 속으로 chubby라는 단어를 떠올린다 해도 이상하지 않을 정도였다. 물을 못 마셔 염분을 배출하지 못해 퉁퉁 부은 길고양이처럼 배가 볼록

나온 김현기는 주절대는 입담만은 여전했다. 그들은 또다시 여행을 떠났다.

 작년 여름, 여느 때처럼 배낭 하나만 짊어지고 떠난 여행길에서였습니다. 김현기가 불쑥 말을 꺼냈다. 습관처럼 정치 없이 출발하는 버스에 탑승한 두 사람이었다. 여행의 목적은 히틀러 무덤 찾기였습니다. 네? 유럽 여행이었느냐고요? 아니요, 해남 달마산이라고 하면 믿지 않으시겠지요? 제 휴민트 중 한 명으로부터 들은 이야긴데, 히틀러가 에바 브라운과 함께 천구백사십오 년도에 자살한 뒤 그 유해를 동맹군이던 일본 측에서 비밀리에 수습했다고 합니다. 그 후 만주국을 거쳐 서해 상을 통해 본국으로 송환하던 중, 연합군의 추격을 받자 다급해진 일본군이 허겁지겁 유해를 숨기고 도망치듯 떠난 장소가 바로 달마산 칠부 능선 어느 골짜기라고 하지요. 역사책에는 나오지 않는 이야기입니다. 아무튼, 작년 여름 제가 한 일이라고는 오로지 달마산을 샅샅이 뒤지는 일뿐이었습니다. 그러던 중, 하루는 바다가 보이는 호텔에 묵게 되었습니다. 호텔이라고 해봤자 전혀 고급스러운 맛은 없었고, 그저 모텔보다 조금 더 깨끗한 수준이었는데, 제 방은 오랫동안 사람이 드나들지 않은 장소가 틀림없었죠. 왜냐하면, 새가 죽어 있었거든요. 새요? 태인이 묻자 김현기가 침을 삼킨 뒤 말을 이었다. 짐을 풀고 햇볕을 쬐기 위해 베란다로 나서자 눈부신 남해가 한눈에 들어오는 멋진 풍경이 펼쳐졌습니다. 그런데 아래를 보니 죽은 새 한 마리가 베란다 나무 바닥에 덩그러니 놓여 있었죠. 손바닥만 한 크기의, 오랜 시간 풍화작용을 거친 듯 이젠 그 바스러진 형태마저 희미한, 가지런한 작은 뼈와 말라비틀어진 갈색 깃털 자국뿐인. 무슨 일인가 싶어서 곰곰이 생각해보니, 날다가 미처 통유리 창을 인지하지 못하고 제 머리를 갖다 박은 아둔한 새의 유해인 듯싶었습니다. 그때부터 이상하게도 오늘날까지 그 죽은 새가 머릿속에서 잊히질 않아요. 하늘이 내려보낸 특별한 전령 그러니까 어떤 중요한 메시지를 입에 문 전서구처럼 여겨진다는 뜻이에요. 적절한 표현일지 모르겠는데, 심증은 있으나 물증이 없는 살인마의 희미하고 의미심장한 미소를 언뜻 본 형사의 심정 같다고나 할까요. 도무지 알 수 없는 망상이죠. 그날부터 속이 허한 게, 먹어도 먹어도 배가 고프다보니 지금 이 지경이 됩디다.

말을 마친 김현기의 입에서 막 초연이 흘러나오는 작은 총구처럼 침묵이 감돌았다. 저도 조금은 그 심정을 알 것 같습니다. 태인이 김현기의 말을 받아서 이었다. 중학교 때 전혀 친하지 않은 아이 한 명이 학교에서 뛰어내려 자살한 적이 있었습니다. 이름도 모르고 같은 반도 아니어서 그저 복도를 스치다 얼굴 몇 번 봤을 뿐인 평범한 여자애였죠. 그래도 친구들과 시 외곽의 장례식장에는 들렀는데, 그 입구에서부터 풍기는 진한 꽃향기를 맡자마자 갑자기 저도 모르게 눈물을 펑펑 쏟아내는 바람에 들어가지도 못하고 죄인처럼 혼자 도망치듯 빠져나온 경험이 있었습니다. 그때부터 이상하게도 오늘날까지 그 향이 잊히질 않는군요. 비슷한 정황일까요? 잠시 생각에 잠기던 김현기가 고개를 갸웃거리더니 희미한 미소를 띠며 수줍음 많은 정치인처럼 대답했다. 그럴 수도 있고, 아닐 수도 있겠군요.

버스가 덜컹거렸다. 차창 밖으로 또다시 땅거미가 몰려오고 있었다. 땅거미가 몰려오면 여지없이 밤이 오는 것이다. 밤비가 왔다. 누군가 태인의 어깨를 두드려서 뒤돌아보니 자그마한 여자가 버스 환풍구에서 비가 들이친다며 키가 작은 자기 대신 좀 닫아주면 고맙겠다고 얘기했다.

두 사람이 도착한 곳은 어둠이 내린 어느 지방 소도시였다. 하릴없이 걷고 있는데, 갑자기 좌우로 밀착! 선두 반보오! 하는 외침이 들리더니 마주 보는 방향에서 행군하는 군인들이 철컥철컥 몰려왔다. 경광봉을 쥔 선두가 두 사람을 발견하더니 수신호로 2열 종대를 두 갈래로 벌려서 도로 양옆으로 붙여 좁은 길을 터주는 것이었다. 졸지에 적진 한복판으로 돌격하는 이인조의 양상이 된 두 사람은 거침없이 몰려들며 포위하는 군인들 틈새를 일렬종대로 서서 묵묵히 뚫고 나아갔다. 대륙횡단철도를 통과하는 화물열차처럼 행군 대열은 걸어도 걸어도 끝이 없었다. 호각소리, 군홧발 소리, 거친 숨소리, 속삭이는 소리, 수통 덜거덕거리는 소리, 코 들이마시는 소리, 야옹야옹 킬킬대며 장난치는 교관의 고양이 울음소리, 신발 끌지 마라, 물집 생긴다! 와 같은 고함 들이 울려퍼지며 억지로 뒤섞였다. 마

주 보며 다가오는 군인들의 쏘아 보는 시선 속에서 아는 누군
가와 눈이 마주쳤다고 태인은 분명히 느꼈다. 이 끝없는 인의
터널이 언제까지고 이어질 것만 같은 환상 속에서 태인은 어질
어질했다. 김현기가 뒤에서 뭐라 떠들어댔지만 하나도 들리지
않았다. 그러거나 말거나 김현기는 여행 도중 어느 날 소리 없
이 사라질 것이 분명했고, 죽은 새의 흔적과 국화꽃 향기는 시
간이 지날수록 기억 속에서 더욱더 선명해질 것이며, 하늘에서
내려오는 뜻 모를 전서구들은 앞으로도 계속 유리창에 머리를
박고 죽을 것이 분명했다. 이 모든 게 무슨 뜻이며 난 왜 여기
서 있는 걸까. 걸어도 걸어도 서 있는 것처럼 느껴지는 태인이
속으로 중얼거렸다. ✄

류담

2001년 계간지 『21세기문학』 소설 「새 기르는 남자」 신인상. 소설집 『사허의 아침』 『야만의 여름』, 장편소설 『헤이! 맘보 잠보』(문예바다 소설상 수상), 『물의 귀환』 펴내다. e-mail:lyudam@hanmail. net

초원에서 생긴 일

초원에서 생긴 일

고개를 잦힌 시은이 둥근 아치를 두른 한자를 읽는다. 森科
草原. 나란히 적힌 영문자가 샹카라고 알린다. 시은이 중국종
단여행팀에 낀 것은 2주 전이다. 난주에서 기차를 타고 투루판
으로 가는 길이다. 대절한 버스에 실려서 내륙 깊이 들어왔다.

우르르 달려온 소녀들이 일행을 둘러싼다. 걸음마를 갓 뗀
듯 보이는 꼬맹이부터 열너덧 살 됐음직한 처녀들이 들고 있던
꽃다발을 다투어 내민다. 환대인 줄 여긴 젊은 여자가 꽃을 안
고 으스댄다. 빈손이 된 소녀가 지켜보고 있다. 값을 바라는 줄
뒤늦게 알아챈 여자가 꽃다발을 돌려준다. 지켜보던 시은이 쓴
웃음을 물고 옆의 야트막한 비탈을 오른다.

끝 간 데 없이 널린 풀밭이 펼쳐 있다. 시은이 눈을 키운다.
질리던 황갈색 헐벗은 땅 대신 너른 초원과 거기 선 흰색 젤이
바람을 맞는다. 흰 바탕에 새긴 코발트색 문양이 결 따라 흔들

린다. 여러 밧줄이 둥근 가옥을 버티고 있다. 오기 전 들렀던 시장에서 뭉텅이로 쌓인 그것들을 보았다. 흙먼지를 뒤발한 모양새를 보며 어디 쓰이는지 궁금했다. 미진하게 남은 의문이 그 자리에서 풀린다.

저런 이동가옥이면 어디든 옮겨갈 수 있으리라. 연례행사처럼 이사하던 셋집이 어리댄다. 집이 있었으면 바라며 이삿짐을 쌌다. 집을 통째 옮긴다면 때마다 오르는 비용과 마음고생을 하지 않았으리라. 계절 따라 풀 따라 움직이는 모습이 한갓진 풍경을 그린다. 자고 나면 치러야할 비용과 갚아야 할 채무, 쳇바퀴에 실려 바장이던 날이 바람에 실려 난다. 앰한 트집을 잡던 남편과 하지 말라는 짓을 꼭 하던 사춘기 아들이 함께 스러진다.

무한너비의 하늘땅이 옹색한 마음을 푼다. 시은을 옥죄던 땅이 지평선 너머로 물러난다. 몽골 사람들만 따로 사는 곳입니다. 일행을 인솔해온 남자가 말하고 조금 떨어진 곳을 가리킨다. 자! 저기서 자신이 탈 말을 고르세요. 다들 그쪽으로 걷는다. 고삐를 쥔 원주민과 잠깐 빌어 탈 고객이 떠들썩하게 목청을 높인다. 놀란 말이 히힝 콧소리를 내며 앞발을 치킨다. 흥분한 녀석을 어르고 달래는 고함까지 섞여서 온통 시끌벅적하다. 동서양 사람들이 섞여서 값을 흥정한다. 콧대 높은 서양 사람이 이 오지까지 어찌 찾아들었을까. 처음 여행을 떠난 시은이 그들을 구경한다. 마장에 깔린 질펀한 배설물이 악취를 풍긴

스마트소설박인성문학상 후보작
류담

다. 수첩과 펜을 나눠 쥔 원주민 관리인이 발 디딜 데 없는 진 창을 누빈다. 시은은 낯선 난장에 선뜻 끼어들지 못한다. 고개 를 뺀 인솔자가 손나팔을 만들어 외친다. 지갑을 앞에 두세요. 낚아채어 도망치면 찾지 못합니다.

보이지 않는 재앙이 시은을 겨냥하는 듯하다. 이런! 더러운 것도 모자라서 온통 도둑이야? 시은이 툴툴거리며 어깨에 걸 친 끈을 목에 건다. 앞으로 돌렸지만 안심이 안 된다. 티셔츠 안에 작은 가방을 넣고 다독인다. 겨우 뛰기 시작한 듯 보이는 꼬마가 말을 끌며 다가온다. 여기서는 젖을 떼기만 떼면 마부 나 꽃 파는 일을 하는 모양이지? 아까 본 꽃 파는 소녀 역시 솜 털이 보송한 애송이더니. 여행객마다 뿌린 돈이 아이를 변질 시킨다.

앞에 멈춘 부스스한 머리칼이 시은을 마주본다. 허옇게 말라 붙은 콧물과 각질 덮인 보랏빛 볼을 훑는다. 눈빛이 또릿하다. 제 색을 잃은 검정 위아래 옷, 솔기가 터질 듯 당겨 있다. 시은 은 소란스럽고 질척이는 마장을 빨리 벗어나고 싶다. 함께 온 일행은 재빨리 말을 골라 타고 떠났다. 고개를 끄덕이는 여자 를 보며 꼬마가 안장을 붙든다. 시은이 서툴게 올라탄다. 말이 움직인다. 자신을 버티는 건 외줄 끈뿐이다. 움킨 손등에 퍼런 힘줄이 돋는다. 꼬마가 말 궁둥이를 툭 툭 치며 따라온다. 말아 쥔 고삐를 뱅뱅 돌리기도 한다. 초등학교는 들어갔을까. 앞선 일행이 보이지 않는다.

네 다리를 규칙적으로 옮기던 짐승이 쫄쫄거리는 물줄기 앞에 멈춘다. 가뜩이나 먼 거리가 켕기던 참이다. 벌어졌을 거리를 그리니 조급증이 인다. 꼬마가 힘주어 고삐를 당긴다. 앳된 얼굴이 벌겋게 단다. 다리를 버틴 짐승이 콧김을 쏟다가 머리를 박다가 한다. 작은 꼬마와 몸집 큰 짐승이 실랑이를 잇는다. 잔등에 실린 시은이 안절부절 못한다. 보고 들었던 험한 기사가 어지럽게 난다. 도울 누가 없는 외진 벌판이다. 해코지를 당하는 모습에 이어 불온한 추측이 가시지 않는다.

말이 가까스로 몽니를 그친다. 습지를 지난 짐승이 황토 깔린 굽은 소로를 걷는다. 희게 칠한 낮은 나무 울타리가 풀밭을 가른다. 타박타박 걷던 꼬마가 고개를 든다. 탈까? 말간 눈이 말없이 묻는다. 바싹 붙을 체온이 달갑지 않다. 시은이 고개를 쌀쌀 젓는다. 곧 앵돌아진 아이가 애먼 짐승 옆구리를 고삐로 때린다. 불퉁거리는 소리가 크다. 불안해진 시은이 챙겨 넣은 껌 두 통을 건넨다. 일일이 껍질을 벗긴 꼬마가 한입에 구겨 넣는다. 시은이 검지를 세우고 눈으로 말한다. 하나씩 씹어. 아이는 본 척 않는다. 먼 데서 들리던 발굽소리가 가까워진다. 말이 진저리친다. 잔뜩 쫀 시은이 눈을 든다. 말 탄 젊은 청년이 능숙하게 옆에 선다. 앞에 들꽃 화관을 머리에 쓴 여인이 앉아 있다. 어린 마부가 발을 멈춘다. 젊은 여인이 쾌활하게 손을 들어 젓는다. 나란히 앉은 원주민청년이 밝게 웃는다.

땅을 디딘 꼬마가 말 탄 청년에게 껌을 건넨다. 몽땅 벗겨서

단박 우겨넣는 모습이 꼬마와 마찬가지다. 청년이 부푼 볼을 우물거리며 말 옆구리를 힘껏 찬다. 놀란 짐승이 바람을 가르며 달린다. 깃발처럼 날린 둘의 머리칼이 금세 사라진다.

시은이 오갈 8킬로미터가 아득한 금을 긋는다. 편도 4킬로미터의 출발점을 갓 벗어났다. 시은이 시무룩하게 걷는 꼬마를 곁눈질한다. 저 걸음이면 두어 시간 넘게 걸릴 것이다. 정한 시각까지 못 돌아갈 수 있다. 지루하게 걸을 아이가 눈에 밟힌다.

타! 아이와 눈을 마주친 시은이 턱을 긋는다. 녀석이 눈치 빠르게 뛰어오른다. 묵직하게 얹힌 덩어리가 후딱 걷힌다. 고삐를 말아 쥔 작은 손이 시은의 허리를 야무지게 감는다. 별처럼 돋은 들꽃이 한갓진 풍경을 그린다.

어린 마부가 발랄하게 발을 찬다. 뱃구레를 맞은 짐승이 갈기를 날리며 뛴다. 시은은 왈칵 두렵다. 걸어! 소리치고 싶지만 이들 말을 한마디도 못한다. 꿀 먹은 벙어리가 된 채 얼굴이 희게 질린다. 심장이 두 방망이질을 한다. 뛰어내릴 재간도 없지만 내려서 걷는다 해도 문제다. 행여 왜 걷는지 물으면 대꾸할 말이 없다. 암팡진 손길이 하필 명치 근처를 더듬는다. 힘껏 백을 낚아채면 목에 건 끈쯤 쉽게 끊어질 것이다. 한데 넣은 여권과 돈이 금세 날아갈 것 같다. 인기척 없는 벌판, 출렁거리는 말 잔등에 실린 시은이 의심을 곱씹는다. 두 손이 악착스레 줄을 움킨다. 꼼지락대는 손길을 떨칠 길이 없다. 불안과 걱정을 삭히며 2킬로미터 남짓 달린다. 이제는 돌아가기도 내처가기

도 어중간하다. 적적한 벌판을 혼자 걸을 생각만으로 오금이
저린다. 정한 시각 또한 발목을 잡는다. 언덕 너머 기다릴 일행
이 그나마 시은을 다독인다. 그들을 그리는 것만으로 마음이
놓인다.

피는 의혹을 되작이며 야트막한 언덕을 오른다. 여태 달린
너비보다 더 광활한 풀밭이 펼쳐 있다. 바라던 종착점이 멀리
보인다. 그새 말 잔등에도 익숙해졌다. 시은이 괴었던 숨을 뿜
으며 휘휘 둘러본다. 광막한 하늘땅이 작아진 자신을 보듬는
다. 바람이 분다. 군데군데 핀 들꽃이 결대로 쏠린다. 덜 것도
보탤 것도 없는 풍경이 시름을 날린다. 땡볕에 시달린 살갗이
선홍을 띤다. 긴 팔 옷을 준비 못한 게 후회된다.

눈 시린 초원 군데군데서 몇이 카메라를 눈에 대고 있다. 말
탄 원주민 남자가 시은을 구경한다. 시은이 고삐 쥔 그를 돌아
보며 손을 젓는다. 자! 보라고. 당당한 모습을 사진으로 남기고
싶다. 미처 챙기지 못한 카메라가 아쉽지만 찍어달라고 청할
주변 또한 없다. 미진하게 남은 미련을 추스르며 돌아선다. 말
탄 원주민 남자가 발을 힘껏 찬다. 말이 바람을 가르며 달린다.
수평으로 구푸린 등과 날리는 말갈기가 짝을 이룬다. 힘찬 발
굽소리가 아득히 사라진다.

명치에 모은 손이 도로 꼬물거린다. 시은이 눈을 내려 살핀
다. 세 번 네 번 돌려 쥔 고삐가 눈을 쏜다. 어른에게 맞춘 길이
가 작은 손에 차고 넘친다. 놓치지 않으려고 바장였을 텐데 의

심만 키웠다. 오해와 불온한 추론으로 오염된 모습이 민낯을
드러낸다.

　평지로 내려온 짐승이 느긋하게 발을 뗀다. 안장이 규칙적으
로 흔들린다. 내내 밴 긴장이 풀린다. 등에 기댄 볼이 따뜻한
체온을 흘린다. 어제 저녁 빤 셔츠에 세숫비누향이 배었으리
라. 배설물 악취에 익숙했을 후각이 올 틈에 밴 꽃냄새를 탐한
다. 맞닿은 체온이 옛 기억을 불러온다. 업힌 아이가 대놓고 콧
잔등을 비빈다. 시은이 허공에 대고 짧은 기도를 쏟는다. 굽어볼
누가 이 아이를 보살피기를. 삼나무처럼 자란 아이가 듬직한
시선을 든다. 당찬 시선이 싱그러운 들꽃에 어린다.

　처음 출발지인 마장으로 돌아온다. 말이 멈추기 전에 뛰어내
린 어린 마부가 손을 내민다. 시은이 여린 손을 붙잡고 땅을 디
딘다. 다리가 휘청거리고 머리가 흔들린다. 그새 달아난 녀석
대신 늙수그레한 노인이 손을 펴고 있다. 시은이 말 탄 삯을 건
넨다. 뒤이어 나타난 관리인 남자에게 정한 비용을 낸다. 몇 푼
잔돈이 시은에게 돌아온다. 시은이 푼돈을 쥔 채 두리번거린
다. 지켜보던 원주민이 보이지 않던 꼬마를 끌어다 앞에 세운
다. 시은이 꼬깃거리는 지폐를 때 묻은 손에 쥐어준다. 보라빛
튼 볼이 발갛게 상기된다. 그 금액이면 아이스크림이나 초콜릿
을 살 수 있겠지. 말고삐를 쥔 노인이 몇 발 떨어진 자리에 서
있다. 그쪽으로 내달린 아이가 손에 쥔 돈을 팽개치듯 던지고
돌아선다. 잠깐 그친 놀이가 아쉬울 뿐 딴 건 아랑곳 않는다.

생기 밴 동그란 뒤통수가 대숲처럼 두른 어른을 가른다. 이방
인의 누추한 상상이 추레한 그림자를 내린다. 싱싱하게 달리던
뒷모습이 간 데 없다. 찌든 오니가 말끔히 가신다.

시은이 초입을 알리는 아치로 걷다가 돌아본다. 초록 위에
도드라진 흰색 겔이 액자 속 풍경을 그린다. 초원을 돌아온 바
람이 살갗을 간질인다. ⸙

유시연

2003년 『동서문학』에 단편 「당신의 장미」 신인상 당선. 소설집 『알래스카에는 눈
이 내리지 않는다』 『오후 4시의 기억』 『달의 호수』, 장편소설 『부용꽃 여름』 『바우덕
이전』 『공녀, 난아』 등이 있음. 정선아리랑문학상, 현진건문학상 수상.
e-mail:mintvase@hanmail.net

황금조를 보았나요

황금조를 보았나요

남자는 오른쪽 무릎에 미세한 통증을 느꼈다. 무리한 걸음 때문이거나 노화로 인해 연골이 쇠약해졌을 수도 있었다. 남자는 일단 참아보기로 했다. 멈출 수 없는 이유는 돌아갈 곳이 없었고 기다리는 사람이 없기도 했지만 돌아가기에는 스스로가 허락하지 않았다. 이혼한 아내와는 이십 년을 살았고 아내와 함께 15년을 기른 요크셔테리어는 얼마 후 그의 곁을 떠났다. 아내와의 추억이 묻어 있는 집에 혼자 남은 남자는 잠이 오지 않는 밤이나 밥맛이 없는 날은 혼자라는 사실이 견디기 힘들었다. 누군가와 나눈 기쁨이나 슬픔, 희열과 상처가 저 먼 다른 세상으로 건너간 것처럼 허망해졌을 때 남자는 자신의 인생이 실종되었음을 알았다. 이십 년이 한꺼번에 그의 인생에서 뭉텅 베어져 사라졌을 때 남자는 무작정 배낭을 둘러메고 길을 나섰다. 지리산 둘레길 285키로를 한 바퀴 돌고나서 마땅히 할 일이 없었던 그는 같은 코스를 반대로 걸었다. 그는 세상의 길이란 길은 다 걷고 싶었다. 남자는 우리나라 알려진 길은 다 거쳐 간 것 같았다.

소똥 냄새를 맡으며 밀밭과 포도원을 지나 피레네산맥을 넘어가는 길은 남자가 아내와 함께 산 이십 년의 시간보다 길고 멀었다. 발가락에 물집이 생겨 바늘로 물집을 터트린 후 반창고로 싸매고 하염없이 걸었다. 남자는 자신이 걷기 위해 태어난 사람이 아닐까, 잠깐 그런 의문이 들었다. 산티아고 순례길 800키로를 걸으면서 남자는 햇빛과 바람과 한몸이 되었고 뜨거운 태양에 자신의 존재를 잊어버릴 수 있었다. 그 길은 오래전에 성직자와 수도자가 걸었던, 예수의 열두 제자 중 한 명인 야고버가 묻힌 성지를 향해 가는 길이자 신에게 가까이 가는 길이라고 알려져 있었다. 아무려나 남자는 어떤 설화가 담긴 내용이나 의미에는 관심이 없었다. 거기 길이 있기에 걸었고 걸을 수 있기에 길을 나선 것이었다.

꽃이 피었다 지고 여름이 깊어졌다. 오래 지속될 것처럼 폭염이 대지를 달구더니 가을이 왔고 금방 추위가 찾아왔다. 눈이 내린 날 남자는 자신의 발자국을 돌아보았다. 뒤돌아보지 말자, 가 남자의 모토였는데 그날 남자는 기다란 자신의 발자국이 오래전 외씨버선길을 걸을 때 산중에서 보았던 짐승의 발자국과 닮았다고 생각했다. 걷는 동안 계절이 천천히 지나갔다. 남자는 산티아고 순례길에서 만난 많은 사람들을 떠올렸다. 그들은 모두 걷는 이유가 있었고 목표가 있었고 확신에 차서 미래의 삶에 대해 떠들었고 걷기를 끝내고 나면 자신의 인생에 변화가 있을 거라고 믿었다. 남자는 세계 여러 나라에서 온 사람들의 말을 어떤 때는 알아들었고 어떤 때는 알아듣지 못했지만 그들의 표정을 보며 무슨 말을 하는지 알 것 같았다. 이 길을 완주하면 내 인생에 변화가 있을 거예요, 그들의 표정은 하나같이 그렇게 말하는 듯했다. 내 인생이 달라질 수 있을까. 남자는 이미 너무 많은 힘과 열정을 소진해버려 더 이상 남아 있을 욕망이며 꿈이 있을 리 없다고 생각했다.

아내가 남자를 떠난 뒤 그는 분노와 배신감에 휩싸여 아무것도 할 수 없었다. 직장에 사표를 내고 집을 나섰고 막연히 걸었다. 남자 나이 오십이었다. 오십에 세상의 길을 걸을 수 있다는 게 믿어지지 않았다. 이십 년 이상 살다가 헤어진 부부에게 전문가는 황혼이혼이라는 말을 붙였다. 오십 나이에 황혼이라는 말을 붙인다는 게 마뜩찮았고 남자는 그 말을 듣는 순간 몸도 마음도 오그라들고 늙어버린 것 같았다. 남자는 도시와 마을의 경계를 벗어나 들판을 걸었고 들이 끝나자 산이 나왔고 산을 향해 걸었다.

남자는 멀리서 숨을 헐떡이며 달려오는 사내를 만났다. 남자가 왜 이렇게 힘들게 뛰어가느냐고 묻자 사내는 속도를 조금 늦추었고 남자는 사내에게 보조를 맞추느라 걸음을 빨리 했다. 사내가 페트병에 든 물을 마시느라 천천히 걸었다.

"산을 걷기도 숨이 벅찬데 왜 뛰어가십니까."

"규칙이니까요."

남자가 묻자 사내가 귀찮은 듯 겨우 말했다. 사내는 13시간 안에 다섯 개의 산을 뛰어서 완주해야 한다며 다시 팔과 다리에 시동을 걸었다. 남자는 다리를 빨리 움직여 쫓아가며 질문을 했다.

"만약, 만약에 말이에요. 13시간 안에 산 다섯 개를 넘지 못하면 어떻게 되지요?"

그 순간 사내가 멈춰 섰다. 그런 질문은 처음이라는 듯 사내는 남자를 한참 쏘아보았다.

"그런 일은 생각해 본 적이 없소."

사내는 상상도 하기 싫다는 듯 큰 목소리로 말하고는 저만치 앞서 달렸다. 남자는 사내가 뛰어간 봉우리를 쳐다보다가 산 옆구리를 걷기 시작했고 얼마 후 내리막을 뛰어오는 사내를 다시 만났다. 사내가 먼저 알아보고 걸음을 늦추었다. 남자의 머리카락에서 김이 솟았다. 땀에 푹 젖은 사내에게 남자는 물을 건넸고 사내는 받아 마셨다.

그때 어디선가 긴 생머리의 여자가 나타나 두 사람을 의심스러운 눈으로 쳐다보았다.

"혹시 황금조(黃金鳥)를 보셨나요?"

"황금조라니요."

여자가 물었고 동시에 남자와 사내가 되물었다. 여자는 고개

를 갸웃하며 이상하네요, 분명히 이쪽으로 날아왔는데, 어쩌고
하며 가버렸다. 남자는 여자를 어딘가에서 본 것 같았으나 기
억나지 않았다. 남자는 배낭에서 크림빵을 두 개 꺼내어 사내
에게 한 개 주고 자기도 한 개를 뜯어 먹었다. 두 사람은 빵을
먹으며 이런저런 이야기를 나누었다. 사내는 암으로 세상을 떠
난 부인이 자신의 잘못인 양 말했고 남자는 망설이다 자신을
떠난 아내 이야기를 했다. 공교롭게도 두 사람 모두 나이 오십
에 그 일을 겪었고 그 사실을 확인하고는 서로 얼굴을 마주 바
라보며 우째 이런 일이, 그러며 믿을 수 없다는 표정을 지었다.
조금 후 두 사람은 그런 우연마저도 세상에는 간혹 일어나고
있으며 인간이 모르는 일들이 이 순간에도 일어나고 있음을 처
음 깨달은 것처럼 잠시 서로의 눈을 바라보았다. 그 눈빛에는
아무것도 담겨 있지 않았고 그럼에도 두 사람은 뭔가 상대방에
게 할 말이 남아 있는 것 같아 미적거렸다.

"지금까지 얼마나 달린 거요."

남자가 호기심을 갖고 물었고 사내는 부인이 죽고 나서부터
지금까지 달렸다고, 얼마나 달렸는지는 모르겠다고 죽는 날까
지 달려야 할 것 같다고 말하고는 고비사막 이야기를 꺼냈다.
일주일치 분량의 식량을 짊어지고 소금밭과 바위산을 지나 그
날 임시 천막까지 달려가지 못하면 사막의 추위에 얼어 죽을
수 있다는 이야기와 낮에는 뜨거운 태양열에 숨이 막혀 그날치
받은 물 두 병을 한꺼번에 축낼 뻔했다는 이야기에 이어 모래

스마트소설박인성문학상 후보작
유시연

바람 이야기를 할 때 사내의 표정은 마치 그날의 상황을 겪는
듯 고통스러워보였다.

"눈, 코, 입, 목덜미, 옷소매, 운동화…… 구멍이란 구멍은
죄다 뚫고 들어오는 모래는 정말 무서워요."

"사막을 달리다가 죽을 수도 있겠군요."

"사실은…… 그럴려고 출발을 했어요. 그런데……."

사내는 잠시 말을 끊더니 눈을 감았다. 다시 눈을 뜬 사내가
아름다운 추억을 회상하듯 나직하게 중얼거렸다.

"붉은 모래가 가득한 사막에서 생목숨을 끊으려니 미안해집
니다."

"누구, 에게 미안하단 거요."

"아, 그야 사막에게 미안해지는 거지요."

"그럴 수도…… 있겠군요."

남자는 사내의 말뜻을 이해할 것 같았다. 그에게서 삶에 대
한 엄중함이 묻어났다.

"강화 외포리에서 경포호, 태종대에서 임진각, 땅끝마을에서
강원도 고성까지 달렸어요. 그런데 현실이 싱거워서 살 수가
없었어요. 그때 고비사막 이야기를 들었고 망설임없이 사막을
향해 떠났어요. 고비사막을 달리고 돌아와서는 밤마다 무거운
배낭을 등에 지고 사막을 달리는 꿈을 꾸어요. 발이 푹푹 빠지
는 모래 언덕, 따라오는 붉은 달, 바람소리에 놀라서 깨어나면
꿈이었어요. 휴우."

사내는 시간이 빠르게 지나간다고 말했다. 남자는 사내가 달리느라 꽃이 피는 것을 새가 우는 것을 바람이 잎을 떨구는 것을 볼 수 없었을 거라 짐작했다. 뛰다가 어두워지면 길가 아무데서나 풀숲에 쓰러져 자고 눈이 떠지면 다시 일어나 달리는 일은 야생의 삶이고 짐승의 생존이었다.

"아, 왜 고단한 잠을 잡니까, 사우나 시설 갖춘 호텔에서 자고 일어나야 몸이 가뿐하지."

남자가 이해할 수 없다는 듯 말하자 사내가 한심한 표정으로 쳐다봤다.

"이건 서바이벌 게임이요."

"힘들지 않아요?"

"힘드니까 달리지요. 쉬운 일 같으면 시작도 안 했을 거요. 사실 중간에 그만두고 싶은 유혹을 수시로 느껴요. 경지에 오른 사람만이 포기할 줄도 알지, 나 같은 어중간한 사람은 욕심과 체력 사이에서 고민하다가 중간에 포기하지 않고 완주하기를 바라며 달리지요."

"지금 어디로 향해 가는 겁니까."

"불암산, 수락산, 사패산, 도봉산, 북한산…… 아직 갈 길이 멀어요."

사내가 불안한 눈동자를 굴리며 초조하게 말했고 남자는 그런 그를 물끄러미 쳐다보다가 옆으로 길을 비켜 줬다. 사내가 남자의 뜻을 알아채고 내리막을 달려가기 시작했다.

남자는 걷기를 멈출 수가 없었다. 그의 몸은 계속 앞으로만 나아갔다. 남자는 걷는 일 말고 다른 일을 떠올려보았다. 아득한 시간 저 너머로 청년인 남자가 노래 부르는 장면이 언뜻 기억의 페이지를 넘기며 떠올랐다. 남자는 노래를 부르려 입술을 움직였으나 소리가 나오지 않았다. 아아, 오오, 남자는 다시 목에 힘을 주고 소리를 내어보려 했으나 소용이 없었다. 남자는 절망한 낯빛으로 주위를 둘러보았다. 사내는 보이지 않았다. 노래 부르기를 잃어버린 남자는 실망을 접고 걷는 일에 몰두했다.

"그래, 내가 할 일은 바로 이거야."

남자는 용기를 내어 앞으로 걸어 나갔다. 비로소 안심이 되며 안정감이 찾아왔다. 문득 황금조를 찾아 헤매던 여자가 얼핏 스쳐지나갔다. 남자는 황금조 여자가 아내와 닮았다는 사실을 그제서야 깨달았다. 그녀가 여기에? 그럴 리가 없었다. 그녀는 절대로 산 같은 곳에 오를 리 없었다. 공원 산책도 하지 않는 여자였다. 하지만 남자는 '절대'라는 말에 자신이 없었다. 아내를 잘 안다고 생각했는데 헤어질 무렵에는 그녀에 대해 아무것도 아는 게 없다는 사실이 공포로 몰려왔고 유령과 한 생을 살아낸 것 같아 섬뜩할 정도였다. 돌아보면 유령의 시간이었다. 어쩌면 아내에게도 남자가 투명인간이었는지도 모른다.

다리가 아파서 쉴 곳을 찾는데 구수한 멸치육수 우려내는 냄새가 풍겼다. 남자는 산 아래 골짜기를 내려다보았다. 백여 미터 거리에 아담한 암자가 있고 색색가지 화려한 옷차림의 등산객들이 길게 두 줄로 서서 이동하고 있었다. 남자는 지팡이를 짚으며 그들에게 다가가 꽁무니에 섰다. 절에서 공짜로 점심을 준다는 소문은 들어서 알고 있었으므로 남자는 익숙하게 잔치국수 한 그릇을 받아들고 아무데나 구석진 자리에 앉아서 국수를 먹었다. 사람들이 끼리끼리 모여 국수를 먹고 있는 풍경이 이 세상이 아닌 다른 세상의 일처럼 낯설기도 했는데 다들 행복한 표정이었다. 남자는 빈 그릇을 돌려주고 천 원을 헌금함에 넣고 돌아 나와 다시 길을 재촉했다. 남자의 소유였던 집이 전세로 다시 전세에서 월세로, 월세 보증금이 조금씩 세를 갉아먹고 있을 터였지만 남자는 개의치 않았다.

산속의 어둠은 금방 왔다. 해가 떨어지면 곧 어둠이었다. 어두워지는 산에서 길을 잃고 헤매던 날들도 이제는 까마득한 시간이 되었다. 남자는 어둠 속에서 스마트폰 불빛에 의지해 기어서 내려오던 외씨버선 영월 구간을 떠올리며 진저리를 쳤다. 남자의 눈앞에서 누군가 달리고 있었다. 그 뒤를 또 누군가가 달렸다. 남자는 먼지를 일으키며 달리는 그들의 뒷모습을 바라보다가 걸음을 빠르게 재촉했다. 가야 할 길은 많고 어디에나 길은 있었다. ✤

이찬옥

2003년 『문학나무』 신인작품상 「집」 당선 등단. 소설집 『티파니에서』 『메종』.
스마트소설집 『네 여자 세 남자』(공저).

너는 누구니?

너는 누구니?

제대 후 복학을 앞두고 빈둥거리던 겨울날이었다. 뭔가 새로운 생활을 하자고 각오했지만 날씨는 너무 추웠고 이미 그녀도 고무신을 거꾸로 신은 지 오래라 외로운 터였다. 집안 식구들은 제대하고 얼마간은 반기는 분위기였으나 며칠 지나지 않아 무슨 일이라도 하길 바라는 눈치였다. 너무 무료해서 폭탄이라도 터지길 바라는 날들이었다. 그런데 그녀에게서 편지가 왔다. 군대에 있을 때에도 오지 않던. 편지는 간단했다. 엽서에 써도 충분할 분량의 대수롭지도 않은 내용이었다. 아니 대수로운 내용이었다. 모월 모일 모시에 모 커피숍에서 기다리고 있겠다는. 집에서 몇 걸음만 떼면 되는 동네 커피숍이었다. 그녀와 사귄 지 얼마 안됐을 때 불현듯 찾아와 기다리고 있다고 해서 나를 놀라게 한 곳이었다. 그날, 하늘거리는 민소매 원피스 아래 드러난 그녀의 팔뚝은 육감적이었다. 겨드랑이 아래로 보일 듯 말 듯 새겨진 작은 새는 더욱 나를 어찔하게 했다. 좀 더 먼 곳에 있는 근사한 장소였으면 했지만 뭐 그래도 괜찮았다. 그녀를 기다리는 며칠간은 설레고 행복했다. 축 쳐져있다 생기가 도는 나를 보고 식구들은 안도하는 눈치였다.

곧 눈발이라도 날릴 것 같은 흐린 날이었다. 금방 튀어나갈 거리에 있는 약속 장소였지만 난 아침 일찍부터 서둘렀다. 약속 시간까지는 너무 멀었다. 차라리 먼 데였으면 좋겠다고 생각했다. 5분 전에 약속 장소에 나갔다. 그녀는 아직 오지 않았다. 다행이라고 생각했다. 30분이 지났을 때 그녀가 많이 늦는다고 생각했다. 1시간이 지났을 때부터 그녀가 보낸 편지를 자꾸만 들여다보았다. '모월 모일 모시 모 커피숍' 아무리 봐도 분명했다. 오랫동안 하지 않던 전화를 걸기는 쑥스러웠다. 커피숍엔 사람들로 꽉 찼다. 혼자 앉아 있는 나에게 신경 쓰는 사람은 없었다. 2시간이 지났을 때 커피숍을 나왔다.

복학을 하고 동기 모임이 있던 날, 나는 그녀가 보낸 편지를 들고 나갔다. 그녀가 내 곁에 왔을 때 나는 그녀 귀에 대고 소곤거렸다. "나, 그날 많이 기다렸어. 무슨 일이 있었니?" 그녀는 무슨 말이냐는 듯이 눈을 동그랗게 뜨고 나를 쳐다보았다. "네가 나 만나자고 편지 보냈잖아." 그녀는 내 말이 끝나자마자 단호하게 말했다. "무슨 소리를 하는 거야. 난 그런 적 없어." 나는 그녀가 보낸 편지를 그녀 앞에 들이대고 싶었으나 그러면 내가 너무 유치해지는 것 같아 외투 주머니 속에 있는 편지를 만지작거리기만 했다.

  참 놀라운 일이었다. 그녀를 다시 만나게 된 것은. 다행히 나는 무사히 대학도 졸업하고 중소기업이지만 취업을 했다. 사무실은 덕수궁이 내려다보이는 건물에 있었다. 한여름에도 꽃이 붉게 피어있는 덕수궁 뜰 배롱나무를 볼 수 있었다. 점심시간에 가끔 덕수궁에 들어가 시간을 보냈다. 빌딩 밖에서 비둘기처럼 모여 커피를 홀짝이거나 담배를 피우는 직장인들에 비해 식사 후에 궁궐의 뜰을 걸을 수 있는 나는 참 행복하다고 생각했다. 그날은 점심 식사 후 동료들이 일이 있다고 부리나케 사무실로 들어가고 나 혼자 남은 뒤였다. 더위가 한풀 꺾인 팔월은 한낮인데도 왠지 쓸쓸했다. 테이크아웃 커피를 들고 석조전이 바라보이는 벤치에 앉으려고 하는데 옆 벤치에 그녀가 앉아있었다. 만난 지 몇 년이 지났는데도 그녀의 모습은 또렷했다. 하늘색 원피스에 은색 십자가 목걸이를 하고 있었다. 그런 모습은 언젠가도 본 듯한 기시감을 느끼게 했다. 나는 순간 망설였지만 곧 그녀에게 말을 걸었다.

  "아, 미애……."

  석조전 앞 정원 한가운데에 있는 분수에서 솟구치는 물줄기를 바라보고 있던-아니 다른 곳을 바라보고 있었을지도- 그녀는 고개를 돌렸다. 미간을 찌푸리며 나를 뜨악하게 쳐다보았다. 나는 곧바로 반응이 올 줄 알았던 그녀의 의외의 표정에 움찔해서 한 발 물러났다.

"서미애 씨 아닌가요?"

그녀는 곧바로 대답했다.

"아닌데요. 그런데 댁은 누구세요?"

나는 그녀의 반문에 순간 어찔했으나 정신을 똑바로 차려야겠다고 생각했다. 나는 눈을 다시 한 번 감았다가 뜬 다음 똑바로 그녀를 쳐다보았다. 그녀가 아닐 리가 없었다. 그녀가 나를 놀리려고 농담을 하는 건지도 몰랐다.

"너, 서미애 맞잖아?"

난 이번엔 친근함을 표현하기 위해 반말을 했다. 그녀의 미간이 심하게 찡그려졌다.

"아니라잖아요. 난 서미애가 아니라고요."

그녀의 목소리가 커졌다. 난 오래전 그녀에게서 쌍둥이 자매가 있다는 소릴 들었는지 기억해내려고 애썼다.

"혹시 쌍둥이 자매가 있습니까?"

"아니요. 없어요."

"○○대 ○○과 나온……?"

"아니에요."

"연신내에 살지 않았나요?"

"저는 문래동에 살았어요."

질문은 수없이 이어졌다. 이상한 건 그녀가 정말 그녀가 아니라면 집요하게 질문을 하는 나에게 화를 내면서 자리를 박차고 일어났을 텐데 그러지 않았다는 것이다. 어느새 그녀는 말 잘 듣는 어린 아이처럼 나의 말에 꼬박꼬박 대답을 했다. 첫 미팅에서 만나 대화를 하는 것처럼 나는 그녀가 새로우면서도 친밀하게 느껴졌다. 점심시간이 다 되어가고 있었다. 나는 이대로 그녀를 놓칠 수는 없다는 긴박감을 느꼈다. 나는 그녀에게 그날 저녁 데이트 신청을 했다. 예상 외로 그녀는 순순히 응했다. 덕수궁을 나오는데 뒤통수가 가려웠다. 뭔가 속고 있는 듯한 기분이 들어 얼떨떨했다. 한편 꼭 그런 것만은 아니었다.

그녀는 내가 아는 서미애가 아닌 김영주였다. 사실 서미애와 나는 제대로 사귄 적이 없었기 때문에 혼란은 오래 가지 않았다. 나는 그녀와 함께 덕수궁 맞은편에 있는 미술관에서 '크리스마스악몽'이라는 영화를 만든 감독의 전시회를 보고 삼청동 골목길에 있는 갤러리나 공방을 둘러보기도 했다. 나는 그녀를 만날 때마다 서미애를 떠올렸다. 아주 잠깐 동안 '그때 서미애는 어땠지?' 하는 생각을 했다. 특별히 떠오르는 것은 없었다. 그녀는 맵고 뜨거운 음식을 좋아했다. 그녀와 나는 매운 주꾸미볶음과 닭갈비, 칼국수를 잘하는 맛집을 찾아다녔다. 그녀는 유럽영화를 좋아했다. 그녀와 영화를 볼 때 나는 주로 잤다. 그녀의 취향을 맞추는 게 때로는 고역이었다. 그렇지만 그런 건 아무런 문제가 되지 않았다. 그녀는 예뻤고 사람을 끄는 묘한 매력이 있었다. 그날 그 황당한 일만 없었다면 나는 그녀와 결

스마트소설박인성문학상 후보작
이찬옥

혼하는 행운을 누렸을지도 모른다. 꼭 행운이라고 할 수 있는
지는 모르겠지만.

그녀는 생각보다 술이 꽤 세었다. 평소에 까칠한 그녀는 술을
마시면 감상적이 되었다. 발라드 노래 한 소절을 부르며 나에게
사랑 고백을 할 듯 말 듯 하기도 했다. 그날은 신촌의 한 호프집
에서 맥주를 마셨다. 2층 호프집 창밖으로 우산을 쓴 행인들이
지나가는 것이 보였다. 비는 거세게 내리고 있었다. 나는 분위
기에 빠져 몸이 달아오르고 있었다. 속으로 그녀의 몸을 더듬고
있었다. 그때 한 남자가 들어왔다. 두리번거리며 빈자리를 찾다
가 우리 테이블에 남자의 시선이 꽂혔다. 그러더니 바로 우리
곁으로 씩씩하게 다가왔다. 반가움이 가득 찬 목소리로 말했다.

"영주야. 오랜만이다."

우수 어린 그녀의 눈에서 순식간에 물기가 걷혔다. 자세를
바로 했다.

"사람 잘못 보셨어요. 저는 영주가 아닙니다."

나는 정신이 번쩍 났다. 남자에게 그녀가 영주가 맞다고 말
해야 하나, 아니면 그녀 편을 들어야 하나 하고 갈등을 했다.
남자는 기가 막힌 표정으로 다시 말했다.

"너, 김영주 맞잖아. 내가 널 얼마나 찾았는데."

이번에 남자는 그녀를 끌고 나갈 태세였다. 그녀 또한 질세
라 꼿꼿한 자세로 남자를 노려보았다. 나는 정신을 똑바로 차
렸다. 어떻게든 이 사태를 수습해야 했다.

"아, 사람을 잘못 봤나 봅니다. 제 여자 친구고 김영주가 아닙니다. 서미애라고요."

남자는 넋이 나간 듯 그 자리에 서 있더니 호프집을 나갔다. 잠시 뒤 그녀도 나갔다. 나는 그녀를 잡지 않았다. 그녀는 다시 내게로 돌아오지 않았다.

내가 사는 곳에서 멀지 않은 곳에 복합쇼핑몰이 생겼다. 쇼핑과 레저와 휴식이 함께 이루어지는 곳이라고 했다. 아내는 쇼핑몰이 오픈하기 전부터 우편으로 온 광고책자를 들이대며 꼭 가보자고 했다. 책자에 찍힌 그곳은 주눅이 들게 거대하고 화려했다. 나는 건성으로 보며 돈 좀 쓰겠구나 하는 우려를 했다. 오픈을 한 뒤에 매스컴에서도 떠들어대고 동네에서도 연일 다녀온 사람들의 소문이 돌았다. 아내와 아들 무동이의 재촉이 날로 심해졌다. 오픈한 지 한 달여 됐을 때 그렇게 떠밀려 간 곳이었다. 주말이긴 했어도 짜증이 날 정도로 인산인해였다. 아내는 미안한 기색이었지만 한편으론 즐기는 분위기였다. 주차장 진입로에서부터 수십 분을 지체한 뒤에 간신히 들어갈 수 있었다. 매장으로 들어섰을 때는 간신히 천국행 티켓을 거머쥔 느낌이었다.

아들 무동이는 신이 나서 콩콩 뛰었다. 아내도 크게 내색은 안했지만 좋아서 입이 벌어져 있었다. 점심으로 아내와 아들 무동이가 좋아하는 돈가스를 먹고 실내 풀과 야외 풀이 연결되어 있는 아쿠아월드에 갔다. 풀은 물 반 사람 반이었다. 실내

풀의 유리벽으로는 강과 산의 자연 조망이 펼쳐졌다. 도시의 한복판에서 느끼는 아이러니. 사람들이 꼬일만하다고 생각했다. 사람이 많아 자유롭게 움직이기 힘든 풀에서 아들 무동이는 튜브를 끼고 물장구를 쳤다. 아내와 나는 아들의 보디가드라도 되듯 곁에서 호위를 하며 움직였다. 얼마 뒤에 물방울이 연속해서 무동이에게 튀었다. 앞에는 아들 또래의 쌍둥이 자매가 물을 튀기며 까르르 웃고 있었다. 무동이도 질세라 물을 튀겼다. 그러나 2대 1의 공세에 아들은 약세였다. 애들 장난이지 싶었지만 수의 약세에 아내와 나는 화가 났다. 쌍둥이 자매의 부모를 찾으려고 주변을 두리번거렸다. 팔에 파랑새 문신을 한 그녀가 빙긋이 쌍둥이 자매를 바라보고 있었다. 추억의 파랑새 문신은 잠시 나를 설레게 했다. 아내는 당장이라도 다가가 쌍둥이 자매를 제지하지 않는 그녀에게 싸움을 걸 기세였다. 그러면서 가만히 서 있는 나를 원망스럽게 쳐다보았다.

나는 순간적으로 가늠하였다. 그녀는 서미애일까, 김영주일까, 아니면 내가 모르는 또 다른 누구일까?

나는 그녀에게 다가갔다.

"아니, 애들 장난이 심하면 하지 못하게 하셔야지, 그냥 두고 보시면 어떡합니까?"

그녀는 아내와 나에게 고개를 까닥이며 쌍둥이 자매를 다른 쪽으로 끌고 갔다. 그녀 팔에 있던 파랑새가 함께 포르르 날아갔다. ✻

정승재

2002년 『문학나무』신인상 소설 「카페밀레니엄」 당선 등단. 문학나무숲회 회장.
문학비단길 회원. 한국문인협회 문인극추진위원회 부위원장. 장안대학교 행정법
률과 교수. 소설집 『내 남편이 대통령이었으면 좋겠다』. 한국소설문학상, 한국산
악문학상 수상. e-mail:hongjusj@hanmail.net

오늘과 내일, 혹은 사랑의 경계

오늘과 내일, 혹은 사랑의 경계

"지직, 지지직, 스으응…… 우웅~, 웅~ 승……재……우웅
~……."

선희로부터 접속불량의 무전이 온다.

무전기 소리는 선희의 숨소리와 함께 내게 웅웅거림으로 밀
려온다. 그것은 베이스캠프에서 들었던 빙하의 "쩡~" 하고 깨
지는 소리와 비슷하다. 어쩌면 잠수함에 부딪힌 타이타닉호에
서의 울림인지도 몰랐다. 히말라야 로체 등반에서 나는 팽목항
바다 속 지진을 느낀다.

밤이 깊어 침낭 속에서 안식을 청하는 고요한 순간, '쩡' 하
며 등 아래 빙하가 갈라지는 소리를 들어본 사람은 안다. 그 심
연에서 들려오는 소리, 바라보며 외면할 자유조차 허락하지 않
는, 감을 수 있는 눈꺼풀조차 없이, 뚫려 있는 귓구멍으로, 내
허락도 없이, 가슴 한복판에 스며드는, 그 '쩡' 하는 울림에 치

를 떨면서도, 어쩔 수 없이 익숙해지는 그 소리. 죽음에 대한 공포는 그렇게 느닷없이 우리를 습격하곤 했다.

왼쪽 산에서 눈사태가 나면 우리는 고개를 휙 왼쪽으로 돌리며 바라보고 그 파괴력에 치를 떨면서도, 동시에 그곳으로부터 멀리 떨어진 곳에 있다는 사실에 안도했다. 오른쪽 산에서 눈사태가 나면 우리는 다시 고개를 휙 오른쪽으로 돌려 바라보고, 그 엄청남에 떨면서 동시에 그곳으로부터 조금 더 멀리 떨어진 곳에 있다는 사실에 안도했다.

그러나 그 "쩡!"하는 소리 끝에 내 가슴이 "쩌~엉" 하고 울렸고, 나는 죽음의 공포와 함께 내가 곧 죽을 것을 예감한다. 갈라진 빙하 틈으로 한정 없이 떨어지는 느낌. 선희의 무전을 통해 내 가슴을 거세게 몰아붙이는 지구 저 깊은 곳에서 발원하는 생명의 소리를 다시 듣는다.

"지직, 지지직, 스으응······ 우웅~, 웅~ 승······재······우웅 ~······."

도대체 누가 죽음을 예측할 수 있단 말인가. 어쩌면 오늘 아침 출발할 때부터 우리는 이미 반쯤은 죽어 있었는지도 모른다. 히말라야 베이스캠프에 들어와 첫날밤 텐트에 들어서는 순간, 이미 죽기 시작했을지도 모른다. 예측을 불허하는 아이스폴 지대를 오직 확률에 대한 기대만으로 통과한다는 사실을 깨달았을 때, 이미 우리는 파우스트에게 영혼을 넘긴 것이다. 생명의 게임을 시작한 것이다.

이곳 해발 8천5백 미터. 우리들 모두가 어렴풋이 인정한, 우리 각자의 죽음이라는 게 너무도 당연하게 느껴지는 8천5백 미터.

"우르르르……, 콰쾅……"

발 아래쪽의 눈들도 함께 아래로 미끄러지고 있다. 바위덩이도 함께 쓸려 내려가고 있다. 바로 내 발밑 조금 전 내가 미끄러졌던 부분부터다. 생명의 로프가 흔들린다. 심연에까지 밀려드는 저 소리, 우르릉 거리는 산의 울음, '쩡~!' 하고 가슴 깊숙이 울리는 저 소리. 베이스캠프에서 들었던 그 소름 끼치는 소리를 로체에서 듣는다. 그 오싹한 소리를 이곳 로체 정상에서 들을 줄은 생각지도 못했다. '쩌엉~!' 하는 그 소리. 저어아래 지구 한가운데에서부터 울려오는 저 죽음의 소리.

나는 죽을 것이다. 그래 죽을 것이다.

이곳에서 죽을 것이다. 혹시 이곳에서 죽지 않는다고 해도 언젠가는 어디에선가 죽을 것이다. 사탕을 먹다가 죽을 수도 있고, 늙어 병사할 수도 있고, 물에 빠져 죽을 수도 있고, 물대포를 맞아 죽을 수도 있다. 그러나 지금 저 눈대포를 맞아 죽고 싶지는 않다. 살고 싶다.

다시 선희에게 무전을 한다.

"지직, 지지직, 스으응…… 우웅~, 웅~ 서어어언……

히……우웅~……"

접속 불량이다. 어쩌면 무전기 소리가 아니고 8천5백 미터 설산의 소리인지도 모를 일이다. 선희와 소통을 하고 싶으나 모든 선은 차단되어 있다. 다시 졸음이 밀려온다. 자고 싶다.

오늘과 내일의 경계.

밤에 일정 시간 이상 잠을 자는 것이 오늘과 내일을 나누는 기준이 된다면, 베이스캠프의 그 '쩡~' 하는 소리를 들은 밤과 지금 접속불량의 밤은 같은 날이다.

사랑은 시간에 지고 마는 전쟁.

아~, 하루가 너무 길다. ✯

한정배

2002년 『한국소설』 신인상. 소설집 『너의 노래를 불러라』 『캣츠 아이』 출간.
e-mail:monalisa_han@hanmail.net

루나의 얼굴

루나의 얼굴

의사가 펜을 집어 든다. 여자가 눈을 감은 채 꼼짝 않고 누워 있다. 펜을 얼굴 위로 가져간다. 얼굴에 선을 긋는다. 시침 선이 잘라낼 옷감 안쪽에 있듯이 여자의 턱은 선 밖에 있다. 의사가 그은 선이 매끄럽지 않다. 데생에 익숙하지 못한 사람이 그은 선의 미세한 흔들림이 거슬린다. 의사는 선을 더 그려 넣는다. 어느 선이 메스가 지나갈 것인지 알 수 없다. 선으로 나뉜 얼굴은 사진을 잘라 모자이크한 것 같다. 의사는 사람의 얼굴이라는 것을 의식하지 않고 바느질할 천 다루듯 한다. 선을 다 그린 의사는 여자에게 무언가 말을 건네고 여자는 대꾸한다. 옆에 있던 다른 의사가 여자가 꽂고 있는 링거액 호스에 주사한다. 마취주사일 거다. 아마 여자는 마취액이 링거에 들어가고 있는 걸 눈치채지 못할지도 모른다. 의사는 여자에게 몇 번 더 말을 건넨다. 여자는 한동안 대꾸하다가 반응이 없다. 깊은 잠에 빠진 것이다. 의사가 여자의 수술부위에 보랏빛 약을 바른다. 수술 부위만 빼고 하얀 천으로 덮는다. 의사가 간호사를 향해 말한다. 카메라는 간호사의 손을 비춘다. 간호사가 메스를 들어 수술용 장갑을 낀 의사의 손에 올려놓는다. 이제 의사는 절개선을 따라 여자의 얼굴에 메스를 댈 것이다. 한 장면도 빼놓지 않고 보려고 했지만 피부를 절개하는 장면은 볼 수가 없다.

의사가 영상에 집중하는 척했지만 내가 들어선 것을 모를 리 없다. 저 장면을 보여주려고 내가 들어올 시간에 맞추어 영상을 보고 있는 거다. 의사의 작전에 말려들 내가 아니다. 나는 시선을 화면에 둔 채 수술 후 바뀔 내 모습을 그려본다. 내 얼굴이 탤런트 k와 똑같게만 된다면 생각만으로도 황홀하다. 분명 앞으로는 지금까지와 다른 새 인생이 펼쳐질 거다. 저 정도의 수술과정을 이겨내는 건 아주 작은 일이다. 계속 화면을 외면할 수 없어 안녕하세요, 라며 의사에게 인사를 건넨다.

메스로 여러 갈래 찢겨진 얼굴, 핀셋에 잡힌 너덜거리는 피부 조각, 살에 꽂혀 있는 바늘 등이 비친 채 화면이 정지된다.

"수술 장면 보셨지요? 턱 선을 교정하는 수술이었어요."

의사가 파일을 펼친다. 파일 상단에 내 사진이 붙어있다. 어쩜 저리도 유인원을 닮았을까. 못생겼다는 말도 쓸 수 없다. 이제 저 얼굴은 내게서 지워질 거다. 그 파일 갈피에 탤런트 k의 사진이 있다. 의사가 진지한 표정으로 들여다본다. 대부분 한

두 가지씩 성형을 한다고, 한 번에 얼굴 전체를 다루는 것은 매우 위험하다고 덧붙인다.

"어떤 위험도 감당할 준비가 되어 있습니다."

"조금만 다르게 하면 안 될까요? 수술자체도 위험하지만 똑같이 얼굴을 만들면 누군가가 죽을 수 있어서."

"죽는다고요? 누가요?"

"탤런트 k와 만의 하나 마주친다면 먼저 발견된 사람이 죽게 되지요. 그러니까 둘 중의 하나가."

탤런트 k는 화면을 통해서만 보았다. k가 데뷔한 지 십여 년이 지났지만 한 번도 마주친 적이 없다. 그녀가 움직이는 세계와 내 동선은 서로 다르니까 걱정할 필요가 없다.

"그럴 일은 없을 겁니다. 전 결심이 섰습니다. 똑같게만 해주십시오."

"성형의사가 여럿이니 똑같은 얼굴이……."

의사는 무언가 할 말이 더 있는 듯했지만 이내 입을 다물었다. 아마도 내 뜻이 확고하다고 판단한 것 같았다.

영상으로 보았던 여자처럼 나는 무대 위 스포트라이트처럼 밝게 비치는 수술실 조명 아래 누워 있다. 의사가 무언가 말을 건넸고 이내 나는 잠들었다. 희미한 빛이 눈에 스며들며 긴 잠에서 깨듯 의식이 돌아왔다. 손을 얼굴 가까이 가져갔다. 얼굴은 여러 겹의 붕대로 감겨져 있고 석고 가면을 쓴 것 같았다.

스마트소설박인성문학상 후보작
한정배

아마도 내 모습은 미라 같을 거다. 하얀 고치 속에서 인고의 날들을 보내고 나서야 누에에게 날개가 솟아 나비가 되듯이 나도 이 시간들을 견디어내면 눈부시게 아름다운 얼굴을 갖게 될 것이다. 20여 년 지문처럼 자리하고 있던 그 얼굴을 벗어던지게 된다. 이제 얼마 남지 않았다. 일 년인들 못 참으랴.

오늘 의사가 내 얼굴을 보여주기로 했다. 중간중간 변하는 모습을 나는 애써 외면했다. 의사는 수술이 성공적이라고 말해 왔었다. 그래도 불안한 건 어쩔 수 없다. 의사 무리들의 발걸음이 쾅쾅 내 귀를 때린다. 문이 열리고 의사가 들어온다. 액자 같은 거울을 들고 있다. 나는 눈을 감았다.

"눈을 떠 보세요."

서서히 눈을 뜬다. 거울 속 나는 탤런트 k와 똑같다. 나는 고개를 조아리며 감사하다는 말을 수없이 했다.

병원을 나오는데 탤런트 k와 마주치지 마세요, 라는 의사의 말이 계속 맴돈다. 나는 서치라이트 비추듯이 사방을 둘러보며 걷는다. k가 앞에 서 있다.

'앗 탤런트 k다!'

그 순간 k가 쓰러진다. 사람들이 웅성거리며 k 주변을 에워싼다. 나는 급히 얼굴을 가리고 집으로 돌아와 방에 꼭꼭 숨었다. 텔레비전에서 탤런트 k가 의문의 죽음을 당했다는 보도가 채널마다 나온다. 잠시 후 탤런트 k가 나타나 자신은 안전하다는 인터뷰 장면이 비친다. 다시 화면이 바뀌고 죽은 사람의 지문을 대조한 결과 k가 아니라고. 이어지는 대담프로에서 성형에 대한 이야기들로 모두들 목소리를 높인다.

의사에게 전화를 했다. 나 말고도 k와 똑같게 수술을 한 사람이 있냐고. 의사는 딱 부러진 답을 하지 않고 자기 말고도 성형의사는 수없이 많다고 얼버무린다. 재수술은 최소 2년이 지나야 할 수 있다고 했었다. 그럼 나는 2년간 숨어 지내야 하나 아니면 눈을 휘둥그레 뜨고 다니며 k와 같은 사람을 먼저 모조리 찾아내야 하나. 그러다 내가 먼저 발견된다면, 어지럽다. ✗

이고르 미하일로프

1963년 레닌그라드 출생. 1989년 모스크바 교대 어문학부 졸업. 다수의 러시아
문학 저널에 투고, 2권의 단편소설집 출간. 현 『Юность』지(誌) 산문&운문부
편집장. 2002년 『Литературная учеба』지(誌) 수상 및 2006 발
렌틴 카타예프 상 수상. 모스크바 거주.

상트 페테르부르그

상트 페테르부르크

물과 가을공원, 그리고 쌀쌀한 저녁의 도시 페테르부르크에서는 끝없이 비가 내린다. 혹시 모를 일이다. 어쩌면 이 도시의 주민들은 두 개의 허파 대신 아가미로 숨을 쉬는지도.

비가 내리지 않는 것은 페테르부르크에서는 상사(常事)가 아니다.

아침부터 지루하게 이어지는 우울한 하늘의 기운이 도시에 긴장감을 더하고, 흡사 납덩이와도 같은 먹구름으로 뒤덮힌 하늘이 음울한 표정을 자아내고 있었다.

그렇지만 비는 끝내 내리지 않는다. 하늘에서는 단 한 방울의 소식도 들려올 기색이 없다.

노래를 기다리는 사람이 더는 없을 때가 되어서야 비로소 비는 가을의 선율을 연주하기 시작한다. 숨을 고르며 악기를 점검하는 오케스트라의 나팔수처럼, 노래를 준비하는 비의 차분

한 태도에서 서두르는 기색이라고는 찾아볼 수가 없다. 소리 없는 선율이 허공에 자신의 모습을 드러내면 잿빛 아침은 흡사 귀신과도 같이 기침을 토해낸다. 덜 잠긴 수도꼭지에서 방울져 떨어지는 물방울이 지면을 때리는 것과도 같은 타음이 5분 정도 간헐적으로 이어지고 나면 다시금 찾아오는 정적. 숨어 있던 일광은 먹구름 사이로 빼꼼히 밝은 낯을 내민다.

구름마저도 마침내 모두 흩어졌다. 그리보예도프 운하의 수면에는 거대한 항구 크레인의 형체가 선명하게 비추어져 있었다. 거대한 바다괴물이 육지에 그 모습을 드러냈다.

그러나 바로 그 순간, 비의 오케스트라가 불현듯 정적을 깨고 공기를 가로질러 울려 퍼지기 시작하였다. 부드러운 빗줄기가 지면에 빽빽히 내리 꽂힌다. 하지만 거리의 사람들은 갑작스러운 비에도 그다지 신경을 기울이지 않는 듯하다.

이 도시에서 비란 바로 그런 것이다. 언제 보아도 놀랍지 않은 것. 페테르부르그는 애초에 비로 만들어진 도시이다. 비의 도시에서 비가 예삿일인 것이야 당연지사.

지루한 준비 끝에 내리기 시작한 비는 마침내 끝 모를 기다림 속에 빠져 있던 페테르부르그를 원래의 자연스러운 상태로 되돌려 놓았다. 진흙과 곰팡이의 도시로, 그리고 시간을 잃어버린 도시로.

페테르부르그에서 비는 항상 내린다. 이곳 페테르부르그의 거리를 걷고 있는데 머리 위로 빗방울이 떨어지지 않는다면 그것은 둘 중 하나다. 천상의 우공(雨工)이 술잔을 기울이느라 직무를 유기하는 중이거나, 아니면 그들의 '비짓기' 공정에 무언가 차질이 생겼거나. 여하간 비가 마를 때면 삶은 그 의미를 잃어버리고 도시는 잠에 빠진다. 그리고 잠든 페테르부르그는 꿈속에서, 다시금 비의 형상을 본다.

꿈속에서는 바람이 울부짖고 물의 난폭한 흐름 속에서 소용돌이가 휘몰아친다. 그러자 만물은 물에 잠기어 교량은 해저의 지면을, 육지의 대로는 선상의 갑판을 이루었다. 모든 것은 요동치고 생기 없는 창백함에 빠져든다. 그렇지만 달리 도리가 없었다. 이 모든 것은 속절없이 내리는 빗속에 아로새겨진 도시의 운명이다.

비가 없는 도시, 그것은 흡사 익사자의 낯빛처럼 창백하고 생기를 잃은 모습이다. 비가 없는 도시, 그것은 날카롭게 곤두선 짐승과도 같아 한치 앞을 내다볼 수가 없다. 비가 없는 도시, 그것은 마치 독채에 갇힌 광인과도 같이 불안한 긴장감으로 금방이라도 터져버릴 것만 같다.

부탁건대, 한시 바삐 비를 내려주소서. 그러지 않은들 이 사나운 도시가 무슨 참담한 일을 저지를지 저희는 앞날의 일을 모르나이다.

비가 없는 도시, 그것은 마치 벙어리와도 같다. 그 안에서 모든 것은 침묵 속에 가라앉아 한마디 말이 없다. 깜빡임 없는 시선으로 허공을 응시하는 두꺼비처럼 페테르부르그의 괴로운 침묵은 칠흙 같은 야음 속에서 그저 말없이 웅크리고 있다. 일출의 광명은 여전히 요원할 뿐.

내리쬐는 빛줄기는 단색의 석주와도 같이 단조롭고 육중한 이 세계를 위협하며 다채로운 색의 파편으로 모든 것을 갈기갈기 찢어놓건만, 이 도시는 다채로움마저 거부하고 잿빛의 지배 아래에만 고집스럽게 웅크리고 앉아 있다. 마치 해로운 것이라도 되는 양 페테르부르그는 회색을 제외한 모든 빛깔을 까다롭게 솎아내며 자신의 어둠을 잃지 않는다.

페테르부르그의 이 모든 풍경이 자아내는 음악은 자신의 선율을 차분하고도 살풍경하게 노래한다. 열매를 떨군 앙상한 마가나무 가지가 창밖에서 조용히 흔들리는 것처럼, 페테르부르그는 빗자루를 들고 쓸쓸한 비질을 이어나갔다.

모든 것이 서서히 소생하기 시작한다. 잠에서 깬 쇼윈도우의 마네킹들은 맛있게 기지개를 켜고는 길가의 물웅덩이에 비친 자신의 모습을 물끄러미 바라보며 미소를 짓는다. 운하의 물은 기쁨으로 빛나고, 도로를 오가는 자동차 소리가 거리를 메운다. 가로등이 빛으로 도시를 수놓고, 사자 석상의 포효가 포식자다운 사나운 기개로 울려 퍼졌다.

도시의 차가운 잿빛 음악이 들려온다. 슬픈 여인과도 같은 페테르부르그. 도시를 이루는 것은 물과 돌의 두 원소이니, 수면에 비친 집들은 아래를 향해 서 있고 가로등에 비친 도시의 물기는 저 밖을 향해 쏟아지며 도시를 암막과도 같이 뒤덮는다.

페테르부르그는 수면의 그림자 속에, 아직 다 말해지지 않은 비밀 속에 살아가는 도시이다. 페테르부르그는 울려 퍼지는 자신의 메아리를 따라잡아 마침내 그 자신이 메아리가 되었다. 그리고 다시, 메아리는 굳어 돌이 되었다. 비의 습기로 촉촉히 젖은 돌이.

물과 돌의 도시에 비가 내린다. 악사는 덮개를 벗겨 잠든 악기의 동면을 깨우고 펠트 해머로 북을 친다. 건반 위를 나는 듯이 미끄러지는 손길에서는 팽팽히 곤두선 신경이 느껴지고, 모든 것을 관장하는 지휘자의 손길은 흡사 경련과도 같다. 활을 켜는 바이올리니스트의 연주는 영감으로 가득하다. 그러나 이 모든 음악 가운데에서는 침묵이 남몰래 흐느껴 울고 있었다. 그 울음소리에서 미세한 떨림이 새어나왔다.

잠들어 있던 자동차와 유람선은 마침내 움직이기 시작했고, 얼어붙어 있던 색채는 비로소 동면을 부수고 나와 형형색색의 숨을 쉰다.

적포도주 한 잔을 시켜놓고 까페에 앉아 있던 나는 쇼윈도우의 흐르는 거울 너머를 응시하며 말없이 생각에 잠겼다. 정확히 말하자면 뭔가를 정말로 생각하고 있었던 것은 아니다. 그때의 나는, 그저 녹색 와인 병의 밑바닥으로 침잠한 채 망각과 무감각의 망해(茫海)를 부유하고 있었을 따름이다.

까페 입구에는 털복숭이 충견과도 같은 검은 밤이 앉아 나를

기다리고 있다. 나를 응시하는 그의 노란 가로수 눈동자는 사
방으로 어지러이 빙빙 돌고 있었다.

　까페를 나선 나는 밤의 어둠 속으로 녹아들었다. 검은 떠돌
이 개는 문을 박차고 뛰쳐나가고, 비가 자아낸 잿빛의 장막이
도시의 만물을 뒤덮었다. ⚡

　— 번역 유형원

스마트소설
박인성
문학사

2

0

1

8

수상작품집

2017년 여름 후보작

강하나

2013년 대산대학문학상 소설 부문 수상. 현재 인천에서 고등부 국어 강사로 일하고 있다. e-mail:hihana1224@naver.com

이 나라가 어떤 나라냔 말이야

이 나라가 어떤 나라냔 말이야

아줌마, 국밥 둘하고 소주 하나. 아니 요즘 열불이 터져서 테
레비를 못 보겠어. 아주 웬 미친년 둘이 나라를 이 꼴 만들어
놔서. 아니 이 나라가 어떤 나라냐고. 자네가 몇 년생이랬지?
87년생? 보자. 87년생이면 그래도 서울올림픽은 봤겠네. 아이
씨, 이거 뭐야. 이거 소주 밍밍해서 어떻게 먹으라고 이따위 걸
갖다 줘. 아줌마 빨간 뚜껑으로 가져 와! 그래, 그러면 자네 국
민학교 다닐 때 IMF가 터진 건가? 어, 어, 그랬겠네. 우리 집
아들놈도 그래서 돌반지 하나도 없잖아. 그 나라 망한다, 망한
다 난리 났을 때 말이야, 어? 다들 자식 놈들 돌반지 내놓고,
패물 내놔서 살려 놓은 나라 아니냐고, 이 나라가. 필리핀보다
더 가난해서 한국전쟁 끝나고 옥수수죽도 못 먹어 죽어 나가는
애들이 한 트럭씩이었는데, 지금 봐, 전 세계 어디를 가도 그냥
삼성이니 현대니 이렇게 우리가, 어 말이야, 한강의 기적을 이

룬 그런 나라 아니냐고. 아니 김 주임, 나 술잔 빈 거 안 보여? 김 주임, 내가 김 주임 생각해서 하는 얘기야. 잔소리가 아니고. 어딜 가서도 윗사람이 술잔을 입에 갖다 대는 순간 소주병 들고 채울 준비를 하고 있어야 돼. 그게 참 별거 아닌 거 같아도 예의거든. 요즘 사람들은 그런 걸 예의라고 생각을 못 하더라고. 어? 여사원들은 내가 요즘 눈치 보여서 무슨 말을 못 하겠어. 회식자리에서 술 한 번 따르라 그러면 성희롱이니 뭐니, 지가 술집여자가 아니니 어쩌니, 뭐 무서워서 말이나 하겠냐고. 하여간 시펄, 여자들이랑은 일을 못 하겠어. 안 그러냐고. 근데 참, 결혼도 안한 년을 대통령 자리에 앉혀놨으니. 어, 우리가 그렇게 가난한 상황에서도 맨땅에 머리 박아서 이렇게 나라를 만들어 놨더니, 웬 미친년놈들이 작당해서 나라를 이 꼴을 만들지 않았냐고. 어? 나는 말이야, 우리나라 반만 년 역사를 생각하면 가슴이 찡해. 김 주임도 그러나? 그 두 년은 정신 나갔다 치고, 그 밑에서 수발 든 놈들은 또 뭐야. 소년등과를 했니 어쩌니 하면 뭐 하냐고. 나만 잘살면 된다, 다른 사람 눈에 피눈물 뽑아도 나만 성공하면 된다, 그런 이기적인 놈들이 나라 이 꼴 만든 거 아니야. 그렇지? 없는 사람들 한 푼 두 푼 낸 세금 가지고, 시펄 놈들이 눈 먼 돈이라고 그걸…… 김 주임, 세상 사는 게 그렇지가 않거든. 김 주임도 사회생활 더 해 보면 느낄 거야. 이기적인 놈들은 눈깔 굴리는 것만 봐도 딱 티가 나. 처음에야 그런 놈들이 성공하는 거 같지? 아니야. 결국

스마트소설박인성문학상 후보작
강하니

그런 놈들 주위에 남는 사람 하나도 없고, 막판에는 저렇게 옷
벗고 쫓겨나는, 아니 아줌마. 우리가 먼저 왔는데 왜 저기 먼저
줘? 아니 뭔 전화 주문이고 뭐고 간에, 아니 아줌마, 우리가
어? 여기 한두 번 오는 사람도 아니고, 금방 먹고 들어가서 또
일해야 되는 거 뻔히 알면서, 아니 술 먹으면 뭐 일도 못해?
참, 이 아줌마 대책 없이 장사하네. 장사 하루 이틀 하시나, 그
건 아줌마 생각 아니냐고. 죄송하고 나발이고 우리 건 언제 나
와? 됐어요, 됐어. 국밥집 여기 하난 줄 아나, 안 먹으면 그만
이지. 김 주임, 일어나. 다신 오지 말자고. 우리가 맛대가리도
없는 거 맨날 와서 팔아주니까 고마운 줄 모를망정, 사실 말이
지, 어 그렇게 자주 오는데 소주라도 한 병 서비스를 줘봤어,
하다못해 사이다라도 줘봤어, 그래놓고 말이야, 주문은 자기들
마음대로 꼬아서 갖다 주고 말이야. 시팔. 안 온다, 안 와. 뭐
요? 소주 값? 지금 기분 잡쳐서 나가는 건 생각도 안 하고 뭔
소주 값을 달래, 아줌마 미쳤어? 내가 누군 줄이나 알아? ⸙

김소래

2016년 『문학나무』에 단편소설 「영혼의 맨살」로 신인상 수상. 현재 미치과의원장.

수선화꽃을 든 두 남자

수선화꽃을 든 두 남자

그의 성은 강이었다. 진료 기록부에 기록된 주민등록번호는 470319로 시작되어 있었다. 올해를 대입해 산수를 풀어보면 그가 살아온 햇수를 쉽게 알 수 있었다. 나이가 말해주듯 중력에 버티다 지친 그의 근육들은 이제 힘이 소진되어 사흘째 실온에서 말라가는 찐빵처럼 얼굴이 주글주글했다. 7년째 끼고 있다던 틀니는 고경이 낮아 하관이 합죽해져 나이보다도 늙어 보였다. 그러나 이런 강 노인의 외양은 닥터 오가 본 첫인상일 뿐이었다.

만나는 횟수가 더해지면서 오는 그에게서 노년의 점잖은 품위를 보았다. 진중하면서도 낭만적인 감성까지 갖춘 그의 모습에 후한 점수를 주게 된 것이다. 젊은 시절 그의 직업이 영문학 교수였다는 것을 안 다음부터는 호칭도 강 교수님으로 바꾸었다. 나이든 남성치고는 흰 피부를 배경으로 한 깊은 눈자위에서 세련된 지적 기품을 느끼기도 했다. 섬세한 이목구비를 가진 젊은 강 교수가 어리고 예쁜 여대생들을 앞에 두고 바이런의 시를 읽는 모습을 상상할 때는 그녀의 마음까지 상큼해졌다. 그에 대한 오의 감정이 이처럼 바뀌기 시작한 것은 작은 수선화 화분 하나 때문이었다.

첫 만남에서는 틀니를 하러 온 노인 환자와 의사라는 명료한 관계였다.

"보험도 된다고 해서 틀니를 새로 하려고요. 7년 전에 했는데, 길이 나서 씹는 것은 그런대로 괜찮아도 보기가 좀 그래서." 노인의 목소리는 유난히 조용했지만 길지 않은 말에 본인의 뜻을 완벽하게 담고 있었다. 치료와 관련 없는 긴 서론을 앞세우는 다른 노인들과 달리 그는 오에게 본론을 기다리는 수고를 하지 않게 해 주었다.

진료 첫 날에는 시진 후 엑스레이 촬영을 하고 의료보험공단에 의치환자 신고를 하는 등 여느 틀니환자와 다름없었다. 진료 두 번째 날 그의 예비인상을 뜨는 것도 다른 환자와 다르지 않았다. 세 번째 진료, 틀니용 최종 인상을 뜨는 날이었다. 진료실로 들어서는 그는 수선화가 피어 있는 화분을 두 손에 들고 있었다. 갓 피어난 샛노란 수선화 두 송이가 꼿꼿이 서 있는 흰색 플라스틱 화분이었다.

"어머, 수선화네요. 정말 예뻐요." 샛노란 색에 눈이 끌린 오가 목소리 톤을 올려 다소 과장스럽게 말했다. 강 노인은 대꾸

없이 화분을 진료의자 옆 선반에 놓고 누웠다. "오는 길에 사셨어요? 수선화보니 봄 같아요." "할아버지 댁이 환해지겠어요." 상대의 반응과 상관없이 오는 계속 혼자 들떠 있었지만 노인은 변함없이 묵묵부답이었다.

인상을 뜨고 환자의 얼굴에 묻은 인상재를 닦아 드리라고 지시 후 오는 원장실로 들어갔다. 그가 오후에 잡힌 수술환자 C.T를 보고 있는데 손에 수선화 화분을 든 강 노인이 원장실로 들어왔다. "저, 사실은 원장님 드리려고 사 왔습니다. 오는 길에 하도 예뻐 보여서." 수줍은 웃음을 띤 그가 화분을 내밀었다. "전 괜찮아요, 댁에 가져가셔서 보셔야죠." 손사래 치면서 오는 자신이 수선화에 너무 호들갑을 떨어서 노인에게 부담이 되었나보다고 생각했다.

"약소하지만 받아 주십시오. 그리고 제 틀니나 잘 만들어 주세요. 이왕이면 예쁘게. 사실은 틀니를 하고 꼭 만나러 가야 할 사람이 있습니다. 원장님이 그 사람을 좀 닮았어요, 그땐 그 사람이 아가씨였거든요."

"전 지금 젊지 않아요. 그러니 할아버지 기억 속 아가씨와 제가 닮았을 리가……꽃은 가지고 가셔서 집에 두고 할머니와 함께 보세요." "선생님 드리려고 샀다니까요. 이러면 제가 부끄러워집니다." 강 노인의 얼굴이 귀 밑까지 빨개졌다. 그가 정말 겸연쩍어한다고 생각한 오는 화분을 받아 원장실 창문턱에 가져다 놓았다. 노란 수선화 꽃잎이 볕 아래서 더 깨끗해 보였다.

닥터 오는 수선화의 그 샛노란빛을 잘 기억하고 있었다.

대학 2학년, 봄이었다. 강의실로 들어서는 그의 손에 노란 수선화가 들려있었다. 그날 아침, 이슬을 머금고 갓 피어난 것으로 보이는 수선화 세 송이, 당시 갓 스물을 넘긴 오의 감성처럼 싱그러웠다.

1980년 광주, 초등학생이었던 그녀에게 5월의 그 며칠은 각목을 든 청년들이 버스를 두드리며 지나가던 거리, 도청 앞 광장으로 몰려가던 군중들, 총소리가 밤새 울려 솜이불을 뒤집어쓰고 떨었던 밤으로만 기억되어 있었다. 무섭고 두려웠지만 구체적으로 무슨 일인지도 모르는 흥분되는 며칠이었다. 학년이 올라가면서 누가 죽었고 누가 다쳤다느니 하는 소문들 속에서 더 큰 두려움으로 다가왔지만, 민주화운동이라느니 시민운동이라느니 하는 거창한 구호들이 붙은 다음에야 오는 그 사건에 대한 윤곽을 대충 잡을 수 있었다.

그런데 대학생이 된 그녀에게 뜬금없이 광주 민주화운동이 현실감 있게 다가왔다. 80년 5월 마지막까지 목숨을 걸고 도청을 지켰다는 선배가 복학을 한 것이다. 감옥에서 5년을 보내고 몇 년의 방황 끝에 새 정부의 배려로 다시 학교에 돌아왔다는 10년 선배, 초등학생이었던 그녀가 이불 속에서 총소리를 들으며 떨던 그날 밤, 도청을 사수하다 살아남은 몇 안 되는 학생 중의 하나였다.

나이가 많아서인지 아니면 이력 때문인지 모르지만 그의 눈길은 유난히 깊어보였다. 많은 것을 경험하고 깨달은 사람의 눈, 세상을 고쳐가려는 선한 의지, 자신의 안위보다 사회를 위한 열정, 그는 영웅이었다. 밤마다 오는 그의 얼굴과 눈길을 떠올리며 뒤척였고 낮에는 그의 옆을 맴돌았다. 그도 가끔 그 깊은 눈으로 지긋이 바라봐주기도 했다. 오는 어느새 그도 열띤 감정으로 자신을 보고 있다고 믿게 되었다.

그날 아침, 수선화 꽃을 든 그가 자신을 향해 걸어올 때 "아~" 오는 낮은 탄성을 질렀다. 그의 발걸음이 슬로비디오 영상에서처럼 느리게 느껴지고. 심장은 강의실 창문 밖으로 튀어나갈 듯이 요동치고, 눈물이 왈칵 쏟아지려하는데, 다가온 그는 오의 옆을 지나쳐 뒤에 앉은 지원에게 다가갔다. 그리고 샛노란 수선화 세 송이를 지원에게 내밀었다.

"오늘 아침 정원에 피었기에, 널 닮아서 따왔어."

백도 봉숭아 표면처럼 희고 뽀얀 피부의 지원, 오가 보기에도 수선화처럼 예쁜 지원이었다. 당시 오의 얼굴에는 수많은 좁쌀 여드름이 빈틈없이 어우러져 울긋불긋 수수 껍질을 흩뿌려 놓은 것 같았다. 수치심과 불만, 의기소침과 소외감 이런 감정의 껍데기들이 오의 내면에서 뒹굴기 시작한 것은 그 아침이었다. 살아오면서 오는 그 감정의 껍데기들이 걸리적거릴 때마다 혼잣말을 내뱉곤 했다. "나쁜 자식, 더러운 놈." 그날 수선화를 지원에게 준 선배가 더러운 행위를 한 것도 아니고 30년 가까워오는 지금까지 자신이 원한을 품는다는 것도 어이없는 일임에 틀림없는데, 아직도 그러는 이유를 그녀는 알 수 없었다.

오는 강 교수가 주고 간 창문가 수선화에 자주 눈길을 주었다. 활짝 핀 수선화의 샛노란 색조는 기분이 밝아지게 하는 무엇이 있었다. 그 많던 좁쌀 여드름은 이제 얼굴에서 흔적도 없어졌다는 사실이 새롭게 느껴지기도 했다.

강 교수의 네 번째 내원은 틀니 제작을 위해 고경측정을 하는 날이었다.

오가 의자에 앉아 있는데 갑자기 다가온 강 교수가 무릎을 꿇었다.

"이 꽃을 박사님께 올립니다." 무릎을 꿇은 채 강 교수가 하얀 조팝꽃 한 무더기를 두 손으로 받들어 올렸다. 둘러싸인 신문지 위에 흰 눈처럼 소복이 올라온 조팝꽃 더미.

"일어나세요. 교수님." 놀란 오가 반사적으로 일어섰지만 그는 계속 무릎을 꿇은 채 눈물을 글썽거렸다. "화선 씨가 제 사랑을 받아주기 전에는 일어설 수 없습니다. 그러니 저를 일으키시려면 이 꽃을 먼저 받아주세요." 오의 이름은 화선이 아니었지만 그의 행위가 하도 진지하고 의외여서 귀담아 듣지 못했다. 조팝꽃 다발을 받아든 오는 얼떨떨한 상태에서 감사의 뜻이 담긴 말들을 주워섬기며 강 교수를 진료의자로 안내했다.

치료를 마친 강 교수는 "박사님 감~솨 합니다." 깊이 숙인 고개만큼이나 억양에 굴곡을 주어 진심에서 우러나 보이는 인사를 하고 돌아갔다. 오는 어느 귀부인을 위해 깎아지른 절벽에 올라 꽃을 따다 받쳤다는 헌화가의 노인을 떠올렸다. '흐흠, 나를 생각하며 직접 꺾어온 조팝꽃 다발, 무릎을 꿇고 바치는 헌화, 나도 아직 매력이 있나봐.' 전직 영문학 교수님이 무릎까지 꿇고 바친 꽃다발을 흐뭇함에 젖어 신문지를 풀면서 오는 흠모의 정을 담아 귀부인께 꽃을 바치고 소를 타고 유유히 떠났다는 노인을 생각했다. 포장이 신문지라서 약간 걸렸지만 조팝꽃이 최대한 풍성해 보이도록 화병에 꽂아 수선화 화분 옆에 놓았다.

강 교수의 치료를 마치고 1주일이 지난 오후였다.

닥터 오가 진료실로 나가자 강 교수가 진료의자에 대기하고 있었다.

"틀니가 불편하셨나요?"

"아니요. 박사님 오늘은 긴히 물어볼 말이 있어서 왔습니다."

"무엇이 궁금하신데요?"

"틀니가 언제쯤 완성되어 내가 낄 수 있습니까? 틀니치료가 끝나면 꼭 만나러 갈 사람이 있습니다."

"뭐라고요? 강 교수님, 틀니 1주일 전에 완성해서 끼셨잖아요?"

"박사님, 사람이 그렇게 거짓말을 하면 안 됩니다. 안되고말고요. 내가 젊은 시절에 사랑했던 사람을 닮아 좋아했더니, 틀니를 해주지도 않고 치료 끝났다고 하면 환자인 내가 어떻게 합니까? 사람은 어디까지나 정직 성실해야 하며 그것은 인간의 기본자세이며 최소한의 예절이며, 지성인의 격입니다. 특히나 의사로는 깆춰아할 기본 덕성이며……." 말은 쉬지 않고 계속 이어졌다.

"……."

할 수 없이 그의 휴대폰을 빌려 그가 예쁜할망이라고 입력시켜 놓은 번호로 전화를 걸었다. "죄송합니다. 원장님. 우리 영감이 요즘 치매기가 좀 심해져서 그래요. 선생님이 해준 틀니 예쁘게 됐다고 날마다 거울 앞에서 끼고 웃으며 화선이 만나러 가겠다고 하더니. 언제 거기 가서……. 틀니는 세면대 위, 물에 잘 담가져 있네요." 점잖은 목소리의 노부인이 한숨을 섞어 가면 전화기 뒤에서 말했다.

닥터 오는 원장실로 들어와 수선화 화분을 한참 동안 서서 바라보았다. 마지막에 피었던 꽃까지 벌써 떨어져 화분 흙 위에서 동색으로 말라가고 있었다. 화분을 들고 진료실로 나가 구석진 창가에 두고 원장실로 되돌아오면서 중얼거렸다.

"수선화꽃도 금방 시드네 뭐. 여드름이 있고 없고가 대수겠어?"

"나쁜 자식." ⚘

박규민

1993년 서울 출생. 동국대 영문과 재학. 2016년 대산대학문학상 등단.

자정의 걸음마

자정의 걸음마

거기에 바다가 있다는 말을 그에게서 처음 들었다. 오토바이를 타고 외곽 도로를 십오 분쯤 달리면 작은 해변이 나온다고. 새벽에 일 끝나고 종종 그 해변에 혼자 누워서 눈을 감곤 했어. 파도 소리가 들릴 때 그렇게 하면 바다 위에 둥둥 떠 있는 기분이 든다고 그는 이야기했다. 밤이면 사람도 없고 별도 많이 보이고, 그러니까 오늘 꼭 같이 가보자는 말이었다. 저녁 식사를 하던 중이었다. 나는 대답하지 않았다. 바다에 가자고? 내가 집 밖에 나서지 않은 지는 이제 석 달이 되어가고 있었다. 그가 왜 안 하던 말을 하는지 이해할 수 없었고, 나는 다만 그가 새벽에 배달 업무가 끝났는데도 바로 집에 안 오고 바다에는 왜 갔는지, 혼자 무슨 생각을 했을지가 궁금했다. 물어볼 수는 없었다. 현관문 너머는 점점 더 내가 간섭하면 안 될 세상 같았다. 나는 고개를 숙인 채 묵묵히 밥을 입에 떠 넣었다.

　일요일이었다. 일주일 중에 유일하게 그가 출근하지 않는
날, 그는 여느 때처럼 노을이 질 때까지 웅크려 잤다. 일어나서
는 주방으로 향했다. 나는 저녁을 준비하는 그의 뒷모습을 앉
아서 보고만 있었다. 이 집의 풍경을 거리에 전시해두면 내가
욕을 많이 먹을 것 같다는 생각. 가기 싫다고, 나는 짤막하게
거절했다. 이유는 새삼 설명할 필요도 없었다. 절뚝거리는 걸
음을 남들에게 보이기 싫었고, 그래서 원래 외출할 때면 휠체
어를 탔는데, 얼마 전 이 동네로 집을 옮기면서 문제가 생겼다.
계단이 너무 많은 것이었다. 이제는 견디기 힘들 정도로 답답
할 때만 집 앞에서 바람을 쐬곤 했다. 사정이 이러니까 갑자기
바다에 가자는 그가 이상할 수밖에. 계단은 어떻게 내려갈 수
있겠지만 오토바이에 휠체어를 매달 수도 없는 노릇 아닌가.
나는 바다에 도착해서도 꼭두각시 인형 같은 그 흉측한 걸음걸
이로 배회해야 할 터였다.

　하지만 그는 오늘 밤에 꼭 같이 가고 싶다고 우겼다. 자기 소
원이라고 했다. 밤에는 어차피 거기 아무도 없어. 괜찮아. 그
말에 나는 고개를 들어 그를 쏘아보았다. 뭐가 괜찮아? 내가
가기 싫다는데. 그는 눈초리를 아래로 떨구었다. 무언가 고민
하는 듯이 손가락으로 탁자를 톡톡 두드렸다. 그러고는 말했
다. 오늘 내 생일이야, 라고. 그것은 모든 불평불만을 잠재울
수 있는 한마디였다. 물론 나에게는 수많은 변명거리가 있었
다. 지금 내가 주변을 챙길 형편이 아니라거나 매일 집에만 있

다 보니 날짜 감각이 사라졌다거나……. 하지만 그따위 초라한 말들은 입밖으로 꺼내기도 싫었고 나는 결국 갈 거면 아주 늦게 가자고만 대답했다. 사람이 정말 한 명도 없기를 바랐다. 그는 환하게 웃었다. 그런 걱정은 하지 말라고 했다. 그가 너무 좋아하는 나머지 나도 짐짓 미소를 지어 보였다. 저녁을 마저 먹으며 맥주를 한 캔 마셨다. 우리는 텔레비전을 보며 시간을 죽이다가 자정이 되었을 때 출발하기로 했다. 며칠 만의 외출인지 알 수 없었다.

병에 걸리고 나서, 괜찮습니다, 라는 말을 몇 번이나 했는지 셀 수도 없었다. 어떤 사람들은 환자를 보면 자신의 공감 능력을 자랑하고 싶어 안달을 냈다. 나는 그런 작자들의 좋은 표적이 되었다. 지하철 출구 계단을 힘겹게 오르는데 초면의 중년 여자가 내 어깨를 붙잡았다. 눈시울을 붉히며 힘내라고 말하더니 자꾸 부축해주려고 해서 거절하느라 진이 빠졌다. 버스정류장에서 옆에 앉아 있던 할아버지는 어쩌다 그 꼴이 되었느냐고 묻더니, 자신이 건너건너 아는 양반이 절름발이였는데 무슨 약을 먹고는 정상인이 되었다며 이름도 해괴한 약물을 추천해주었다. 한번은 십자가를 목에 건 남녀가 다가와서 다 좋아질 거라며 온화하게 웃어준 적도 있었다. 함부로 천사가 된 인간들이 나는 무서웠다. 직장을 그만두고 집에 틀어 박혔다. 얼마쯤 지나 인연 없는 곳으로 집을 옮겼다.

의사들은 나에게 큰 죄라도 지은 사람들 같았다. 왜 왼쪽 다리가 균형을 잡지 못하게 되었는지 어려운 단어를 동원해 설명하며 결국 고칠 길이 없다고, 완곡하게 결론 내렸다. 다리를 절게 된 후로 나는 완전히 다른 사람이 된 듯했다. 앞으로 점점 심해질 거란 말을 듣고도 이 정도일 거라곤 예상하지 못했다. 발병한 지 한 달이 되자 걷는 중엔 왼발을 온전히 땅에 딛지도 못했다. 발이 심하게 접질린 양 휘청이며 돌아다니다가 어디서든 문득 거울을 마주치게 되면 끔찍한 진실을 무방비로 듣게 된 기분이었다. 그때마다 나는 누구도 나를 좋아하지 못할 거라고 확신했다. 내 눈에도 내가 끔찍해 보였으니까. 하지만 그는 나를 떠나지 않았다. 본래 기타를 치던 사람이었는데, 내가 일을 그만둔 후로는 어떻게든 돈을 많이 벌기 위해서만 살아가는 것 같았다. 일주일에 육 일, 오후부터 새벽까지 오토바이 타고 배달 알바를 했다. 그래도 집세가 부족해서 다른 동네로 이사하면서까지 나를 곁에 두었다.

도대체 왜? 사랑하니까, 라고 그는 답할 테지만 그것만으로는 부족하다고 나는 생각했다. 다시 말하지만 다리를 절게 된 후로 나는 완전히 다른 사람이 되었으므로. 그의 보살핌을 받으면서 나는 그가 어느 날 밤 말없이 떠나버려도 놀라지 않아야 한다고 마음을 다잡으며 살았다. 텔레비전을 껐다. 신나는 영화를 보고 나올 때와 같은 허무. 자정이 넘은 시각, 우리는 밖으로 나왔다. 현관을 열고 나면 회색 담벼락이 마주 보이고 골목은 계단으로 이어진다. 울퉁불퉁한 계단을 수십 개 밟아 내려가면 비로소 평지가 나오고, 그의 오토바이도 그곳에 주차되어 있었다. 나는 그의 부축을 받아 절뚝거리면서 계단을 천천히 밟았다. 바다라니. 나는 머릿속으로 자꾸 되뇌었다. 거짓말 같았다. 여기로 이사하기 전부터도 나는 내 몸뚱이에만 관심을 두고 살았지만, 아무리 그래도 가까운 곳에 바다가 있다는 사실도 모르고 이 동네에서 몇 달을 보냈다는 게 나 자신도 믿기지 않았다.

그의 말대로 바다로 향하는 길은 텅 비어 있었다. 이 도로가 우리만을 위해 깔려 있는 것 같았다. 재빠르게 질주하는 동안에는 끈적한 여름 공기도 시원하게 느껴졌다. 조금 어지러웠다. 눈을 감았다. 정말 바다가 있는 걸까. 사실 그가 장난을 치는 게 아닐까, 그렇게도 의심해보았다. 내가 너무 집에만 틀어박혀 있으니까 밖으로 데리고 나오기 위해 거짓말한 거라고. 한쪽이 일방적으로 도와주는 관계는 오래가지 못할 게 뻔했다. 그도 잘 알고 있겠지. 내가 어서 세상으로 나와서 다시 돈을 벌고 자립하기를 바랄 것이다. 어쩌면 그는 그저 안쓰러워서 나를 못 떠나는 건 아닐까. 하지만 곧 파도 소리가 들려왔다. 눈을 뜨자 저기서 하얗게 부서지는 물살이 보였다. 그는 오토바이를 바닷가에 세웠다. 먼저 내려서 헬멧을 벗고, 생일 주인공은 자신인 주제에 대단한 선물을 꺼내 보이듯 씩 웃었다.

그가 손을 내밀었고, 나는 그의 팔뚝에 의지해서 일어났다.

모래사장 위로 발을 내디뎠다. 평지에서보다 균형을 잡는 게
더 힘들어서 나는 스케이트를 처음 타보는 어린애처럼 그의 손
을 놓을 수가 없었다. 휘청거리면서 물가로 다가갔다. 밤하늘
아래 물빛 없는 바다가 넘실대고 있었다. 정말이었구나. 사실
그는 나에게 거짓말한 적이 한 번도 없었다. 나는 그의 행동에
숨겨진 의도가 있을 거라고 믿는 데 익숙해 있었고, 그걸 자각
하자 조금 서글퍼졌다. 우리는 신발을 벗고 파도에 발을 담그
기로 했다. 발바닥이 축축한 땅에 닿았다. 모래알이 하나하나
느껴졌고 물살이 밀려올 때는 찬 기운이 머리끝까지 올라왔다.
너무 오랜만에 느껴보는 감촉이었다. 눈물이 났다. 그는 신나
서 물속에서 발을 첨벙첨벙 굴렀다. 너는 왜 나를 사랑하지, 그
렇게 물어볼 뻔했다. 나도 그를 마음껏 사랑하고 싶었다. 우리
는 이제 더 무엇을 해야 할지 모르는 채로 바닷바람을 맞으며
서 있었다. ✸

박지후

부산 출생. 2013년 『문학나무』 추천작품상 수상. 발표작품 「로시」「지금 여기」
「개를 사랑하는 진짜 이유」 등. e-mail:penriver@hanmail.net

머루

스마트소설박인성문학상 후보작
박지후

머루

올해 들어서는 처음 먹어보는 머루다. 어제 오후에 잠시 파김치 담글 재료를 사러 마트에 왔을 때만 해도 없었던 만큼 오늘이 머루의 첫 판매일인 것은 아마도 분명할 것이다. 매년 여름 끝자락 즈음에 나오는 머루는 사시사철이 제철인 양 언제나 나오는 다른 과일들에 비해 먹을 수 있는 기간도 지극히 짧다. 꼭 그래서만은 아니지만, 나는 머루를 좋아한다. 세로길이가 약간 더 긴 직육면체의 골판지 상자에 2킬로그램 단위로 내용물이 보이게끔 포장이 돼서 팔리는 이곳, 집 근처 마트의 머루를 예닐곱 번쯤 사 먹다가 보면 미치도록 작열하는 대기가 영혼까지 묽혀 버리는 여름은 어느새 가고 깊은 밤 잠결에 간간히 귀뚜라미 소리를 듣게 된다. 계절이 바뀐다는 것. 세월이 흐른다는 것. 나는 그것이 좋다. 두렵지만 좋다.

씽크대에서 머루 상자의 한면에 붙어 있는 셀로판지 같은 투명 비닐을 벗긴다. 그리고는 한 송이씩 조심스럽게 꺼내어 신문지에 싼다. 신문지에 싼 것은 다시 비닐백에 넣은 뒤 입구를 잘 묶어 냉장고에 보관한다. 오늘 먹을 한 송이는 냉장고에 넣지 않고 씽크대 위에 두었다. 상자 안에는 세 개의 큰 송이 머루와 한 개의 작은 송이 머루가 덤처럼 있었다. 마트에서 우연히 석을 만난 것도 덤처럼 여겨지는 일이다. 덤이란 지리멸렬한 일상 속에 뿌려지는 한 톨의 사금이다. 넓은 모래밭에 섞여 있는 몇 톨의 사금이 온 모래를 빛나게 하듯.

어쨌거나 나는 제일 크고 맛있어 보이는, 탐스러운 송이부터 먹을 것이다. 예전엔 항상 그런 것은 아껴 놓고 작고 보잘 것 없는 것부터 먹었는데 언제부턴가는 그러지 않는다. 그것은 오늘보다 나은 내일에 대한 굳건한 확신과 간절한 기대가 있었을 때나 했던 행동이다. 빈 상자의 빳빳하게 날 선 네 귀퉁이 각을 허물어 납작하게 접으면서 눈으로는 연신 주방 곳곳을 훑는다. 과채류를 담가 씻는 플라스틱 함지가 아무리 찾아도 보이지 않는다. 엄마의 계통 없는 정리가 늘 말썽이다. 보이는 곳에 없다면 보이지 않는 곳에 있을 게 틀림없다.

"여기 있던 노란색 플라스틱 그릇이 어디 갔지? 엄마 혹시 봤어?"

접은 머루 상자를 베란다에 있는 분리수거함으로 가져가면서 엄마에게 물었다.

"모르겠는데. ······저거?"

　소파에 앉아 텔레비전을 보고 있던 엄마가 개수대 위 식기
건조 선반을 가리키며 말했다. 그러고 보니 선반이 휑하다. 마
트에 가기 전 저녁 설거지를 해서 올려놓았던 대접과 공기들이
죄다 사라지고 그 자리에는 몇 개의 접시와 수저꽂이만 있고,
평소 쓰임이 없어서 아래쪽 수납장 깊숙이 두었던 파란색 플라
스틱 체가 나와 있다.

　"저건 파란색이잖아. 바가지처럼 우묵하게 생긴 노란색 그릇
말이야. 근데 체는 왜 저기 있지?"

　"……몰라."

　엄마는 무엇인가를 기억해내려는 듯 골똘한 시선으로 체를
응시하다가 그렇게 말했다. 나는 종이 수거함 뚜껑을 열어 상
자를 넣으려다 말고 돌아서서 여전히 스러지지 않고 있는 한
여름의 저녁 해를 내다본다. 벌써 8년이 지나갔다. 분리해 놓
은 각각의 쓰레기들이 한곳으로 엎쳐져 있는 일쯤은 이제 아무
렇지 않다. 수시로 사라지는 주방용 집기들을 찾아내는 데도
이력이 났다. 직장에 냈던 간병휴직도 기간 연장을 하네 마네
하며 몇 며칠 고민할 필요가 없어졌다. 나는 이미 두 번의 기회
를 다 써버렸다. 휴직을 결심했던 당시에는 솔직히 이토록 긴
이별이 될 줄 몰랐다. 석도 몰랐을 것이다. 지금 당장 자유롭게
다닐 수 있는 여건이 주어진다고 해도 나에게는 이제 돌아갈
직장이 없고, 뜨겁게 만날 친구가 없다.

　커다란 편수냄비 안에 든 플라스틱 함지를 찾아낸 나는 미지

근한 물을 받아 약간의 소금을 푼 뒤 머루를 담근다. 그렇게 몇 분쯤 담가두었다가 흐르는 물에 헹구면 농약은 물론이고 잔 가지 사이에 낀 거미줄과 먼지가 깨끗하게 씻긴다. 까만 머루알들은 갓 딴 듯 탱글탱글 싱싱해진다.

"신혜원!"

사람들이 북적거리는 마트 입구의 과일 코너에서 머루를 고르고 있는데 웬 남자의 목소리가 들렸다. 그 이름과 목소리는 매우 익숙했다. 하지만 나는 머루를 고르는데 열중했다. 나와 상관없이 돌아가게 된 세상 한복판에서 내 이름을 부를 이가 누구란 말인가. 그런데 남자는 한 번 더 같은 이름을 외쳤다. 나는 그제서야 목소리가 들린 쪽을 향해 고개를 돌렸다. 석이었다. 그는 몇 걸음을 성큼성큼 걸어와 내 앞에서 멈추었다.

"어?"

빛의 속도 보다 빠르게 놀라움이 스치고, 반가움이 스치고, 당혹감이 스쳐가는 나의 표정은 몹시 멍청해 보였으리라. 무슨 말이든 하기는 해야겠는데 도무지 떠오르지 않았다. 그 역시 내 이름을 부른 이후 다른 말은 하지 않았다. 우리는 한 걸음쯤 떨어져 서서 한참 동안 시선을 맞추며 서로의 얼굴을 빤히 보다가 동시에 하하하, 웃었다. 그리고는 또 한참을 빤히 보다가 웃고, 또 빤히 보다가 웃기를 반복했다. 그러다가 문득 머쓱해졌다. 계속 웃고만 있다는 자각까지 그와 나는 동시에 한 모양이었다. 그때 그가 물었다.

"어머니는 잘 계시니? 이젠 연세가 제법 높으시겠다?"

"응, 잘 계셔. 올해 아흔셋."

나는 접시에 담은 머루를 엄마 앞에 놓았다. 엄마는 머루알을 따서 입에 넣고 사탕을 굴리듯 양쪽 빰을 번갈아 불룩하게 만들더니 그냥 꿀꺽 삼킨다. 나는 제일 굵은 알을 따서 엄마한테 준다. 그러고는 나도 한 알을 따서 쥐고 시범을 보인다.

"머루도 꼭꼭 씹어 삼켜야 해. 씨는 이렇게 뱉고……."

"이것 참 맛있구나."

내가 보인 시범대로 따로 빼낸 머루 알맹이를 우물우물 씹으면서 엄마가 말했다. 정말 맛있지? 맞장구를 치면서 나는 천진스럽게 웃고 있는 엄마를 본다. 작년까지만 해도 엄마는 머루를 먹는 데 아무런 문제가 없었다. 지워진 기억 하나 추가. 나는 한 알의 머루를 깨물면서 엄마에게 남을 가장 마지막 기억은 무엇일까, 생각했다. 달다. 머루가 터뜨려지는 순간의 첫맛은 달고, 껍질 안에 남겨진 섬유질 형태의 과즙을 짜 먹는 끝맛은 시고 달고 떫고 쓰다. 아니, 그 네 가지가 한데 어우러진 독특한 맛이다. 나는 머루의 첫맛 보다는 끝맛을 더 좋아한다. 그것은 뭐랄까, 엄마와 석을 향한 내 마음처럼 복잡한, 아주 복잡한 비애다.

나는 머루를 먹는다. ✴

박초이

추계예술대학교, 숭실대 대학원 문예창작과 졸업. 2016년 가을 『문학나무』신인상
소설 당선 등단. e-mail:chohee88 @naver.com

괴이한 영화

스마트소설박인성문학상 후보작
박초이

괴이한 영화

장면이 있다.

밀폐된 수족관 속, 아이인 듯 여자인 듯 경계가 애매해 보이는 반라의 소녀가 있다. 소녀는 팔을 쭉 뻗어 나선형을 만들며 수족관 안을 유영한다. 수족관은 성인 세 명이 들어가면 될 정도의 크기다. 삼분의 이 가량 물이 채워져 있고 물 위로 커다란 빨대가 꽂혀 있다. 소녀는 가끔 물 밖으로 얼굴을 들이밀고 빨대에 입을 갖다 댄다. 곧 물속으로 들어간다. 불안이나 걱정 따위는 없는 얼굴, 미래에 대한 그 어떤 기대나 실망도 깃들어 있지 않은 얼굴이다. 그저 모든 것이 그렇게 변함없이 하루하루 똑같을 거라고 믿는 듯한, 지루한 나날의 어느 순간, 약간은 재밌는 놀이를 하고 있다고 여기는 것도 같다. 소녀의 눈빛이 잠시 흔들린다. 소녀의 시선은 수족관 앞을 지나치는 웨이터에게 머문다.

웨이터가 있다. 아직 소년티를 벗지 못한, 이제 막 주민등록
증을 발급 받아 첫 아르바이트를 나온 듯한 앳된 얼굴이다. 웨
이터는 수족관 안 소녀를 힐긋 본 후 테이블을 향해 걸어간다.
고객 앞에 메뉴판을 펼친 후 무릎 꿇고 앉는다. 자신 앞에 앉아
있는 여자를 본다.

여자는 엄마 옷을 빌려 입은 듯, 난해하고 유행이 뒤처진 옷
을 입고 있다. 요즘도 저런 옷을 입는 사람이 있네, 웨이터는
생각했다. 짙은 그린색 원피스는 살짝 깃이 올라가 있고 왼쪽
가슴에는 커다란 코사지가 달려 있다. 칠십년대를 다룬 텔레비
전에서 자주 보았던 촌스런 옷이었다.

웨이터는 조심스럽게 여자의 얼굴을 살핀다. 여자는 나이를
가늠하기 어렵다. 어찌 보면 고집스런 어린아이 같고, 어찌 보
면 오만한 노인 같고, 어찌 보면 팔자 좋은 엄마 친구 같다. 그
저 웨이터가 펼쳐준 그대로, 똑같은 페이지만을 여자는 내려다
보고 있다. 다음 장을 넘길 듯 넘길 듯 만지작거리다 이내 메뉴
판을 덮는다. 음식 고르는 일이 아주 어렵다는 듯 곤혹스런 빛
이 역력하다. 여자는 맞은편에 앉아 있는 남자를 올려다본다.

남자는 이마 위로 몇 가닥 내려온 머리를 조심스럽게 쓸어
넘기며 안경을 들어올린다. 작은 눈매에 꽝 다문 입술이 심술
궂어 보인다. 남자가 여자를 향해 말한다.

"스테이크는 레어가 좋겠지요?"

여자가 고개를 끄덕인다. 남자의 얼굴에 미소가 깃든다. 그

가 말한다.

"와인은 로마네꽁띠로 하지요?"

여자가 수줍게 네, 말한다. 편안해 보이는 얼굴이다. 좀전의 초조와 곤혹스런 빛은 더 이상 보이지 않는다. 대신 왼쪽 얼굴을 찡그린다. 여자를 살피던 남자가 여자에게로 손을 뻗는다. 여자의 왼쪽 얼굴에 묻은 머리카락 한 올을 조심스레 잡아 바닥에 버린다. 여자는 자신에게 쏟아지는 손길을 만족스럽게 받아들인다. 곧 여자의 시선이 레스토랑 가운데 설치된 무대로 향한다. 여자가 말한다.

"새로운 곡이 연주되고 있네요."

"곡이 좋지요? 역시 회원제 레스토랑이라 격이 다르다니까요."

"예약하기 어려웠지요? 최소 한달 전에는 해야 된다는데."

"제가 누굽니까? 언제든지 오고 싶으면 말만 하세요."

남자의 말에 여자가 배시시 웃는다.

웨이터는 주문서를 들고 주방을 향해 걸어간다. 오케스트라가 연주하는 바흐가 귓가에 울린다. 무한히 상승하는 카논, 1악장이 끝나고 2악장이 시작되려는 참이다. 2악장은 1악장 흐름 그대로 c단조를 d단조로 바꾸기만 한 채 엄격하게 1악장을 모방하며 따라가고 있다. 악장이 바뀌면서 템포가 전환된다. 곡의 흐름이 점점 빨라진다.

음악 사이로 미세한 균열이 일어난다. 웨이터는 몹시도 신경이 거슬린다. 그는 주문서를 주방에 넣은 후 주위를 두리번거린다. 어떤 진동, 작은 소란, 그것의 진원지를 찾을 수 없다. 그는 조심스럽게 걸음을 옮긴다. 멈춘다. 수족관 안, 소녀가 보인다. 소녀는 주먹으로 수족관을 세게 내리친다. 수족관은 작은 진동만 있을 뿐, 균열도 없고 소음도 없다. 수족관은 방음에, 방탄, 방화기능까지 되어 있는 걸까. 소녀가 입을 동그랗게 말고 무슨 말인가를 하는데 전혀 들리지 않는다. 소녀의 얼굴이 파랗게 질려 간다. 소녀는 마지막 힘을 짜내듯 수족관을 걸어차며 소리 지른다. 하지만 이상하다. 소녀가 아무리 소리를 질러대도, 수족관을 두드려도 아무 소리도 들리지 않는다. 마치 살아 움직이는 그림을 보는 것도 같고 연극의 한 장면을 보는 것도 같다. 현실감이 느껴지지 않는다. 곧 소녀의 얼굴은 공포로 일그러지고 팔 다리가 축 늘어진다. 숨을 쉬는 것 같지 않다.

놀란 웨이터는 레스토랑 안을 둘러본다. 사람들은 핏기가 뚝뚝 떨어지는 스테이크를 입속에 집어넣는다. 와인 잔을 들어올린다. 붉은 와인이 혓바닥 안으로 빨려 들어간다. 간간이 웃음소리도 들린다. 나지막하게 속삭이는 소리, 잔 부딪치는 소리, 은밀한 웃음소리만 실내를 떠돈다. 수족관을 보며 약간은 술렁이는 듯한 소리도 들리지만 그들은 마치 마술사의 마술을 보는 듯, 서커스의 쇼를 보는 듯 금세 표정을 가다듬는다.

웨이터는 지배인에게 다가가 상황을 보고한다. 지배인이 말한다.

"신경 쓰지 말고 주문한 음식을 가져다줘. 내가 알아서 하지."

곧 지배인이 어딘가로 전화를 건다.

웨이터는 나이를 가늠하기 어려운, 촌스런 여자와 머리가 벗겨진 남자에게 주문한 음식을 가져다준다. 여자가 수족관을 향해 흘깃 시선을 준다. 여자가 말한다.

"저 애는 그만 나와야 할 것 같은데 왜 저러고 있지요?"

"스테이크가 식겠어요. 어서 드세요."

남자가 대답한다. 여자는 자신 앞에 놓인 스테이크를 향해 시선을 내린다. 나이프를 잡고 스테이크를 썬다. 입속으로 스테이크를 집어넣는다. 여자의 입가는 기름기로 번지르르하다. 남자가 냅킨을 잡는다. 여자의 입가를 닦아 준다. 여자는 당연하다는 듯 남자에게로 얼굴을 가져다댄다.

어느새 카논은 3악장을 향해 치닫는다. 절정을 향해 가는 듯 소리는 웅장하고 지휘자의 손끝은 떨린다. 일정한 간격을 두고 반복되던 주제가 갑자기 멀어진다. 절망적인 기운으로 실내는 가득 찬다. 결말이 가까워졌다고 느끼는 순간, 음악은 다시 첫 부분으로 돌아간다. 동일한 주제가 명백하게 은폐된 채로 반복되고 있다.

웨이터는 수족관 안 소녀를 본다. 소녀의 파란 얼굴이 물 위를 떠다닌다. 팔 다리가 바닥으로 휘어진다. 지배인에게 이야

기를 해야 할지, 수족관으로 가 소녀를 꺼내줘야 할지 웨이터
는 고민한다. 그사이 검은 양복을 입은 건장한 청년 넷이 수족
관을 에워싼다. 그들은 수족관 위로 검은 천을 씌운다. 소리 없
이, 조용히 그들은 수족관을 밀며 무대 뒤쪽으로 사라진다.

　곧 그들은 수족관을 밀고 다시 나타난다. 소녀가 있던 자리
에 새로운 수족관이 놓인다. 그 안에는 소년인 듯, 남자인 듯
경계가 애매해 보이는 한 아이가 있다. 그 아이는 어쩐지 웨이
터를 닮은 것도 같다. ✣

이숙경

2006년 『매일신문』, 『경남신문』 신춘문예 소설 당선. 소설집 『유라의 결혼식』, 산문집 『자폐클럽』『현장에서 붙잡힌 여인이 가로되』『하나님의 트렁크』.
e-mail:canna-lee@hanmail.net

문 어 체
文語體 슬픔

文語體 슬픔
<small>문 어 체</small>

아버지의 유서는 문어체 슬픔. 명동백작과 창덕궁을 거닐던 봄날을 기록했다. 마리서사 귀퉁이에서 아직도 여전히 서성이는 아버지는, 중국산 수의 차림의 아버지는 장례식장에 흩날리던 벚꽃으로 남루를 덮고 싶었던 것이리. 비루했던 말년의 어느 날, 예순의 딸에게 들려준 한 움큼의 통속은 맥고모자를 쓰고 삐루를 마시던 시인과의 사생활, 그리고 럭키스트라이크.

오늘 올드 미스는 月經이다.<small>월 경</small>[1]

친구의 시 한 줄을 읽어주면서 왜 아버지는 울었을까. 너는 이렇게 써야 한다. 아버지의 문장은 오만하여 적라의 딸에게만 수혈하였다. 그리하여 새치 가득한 너는 아버지 기일마다 피투성이 감각으로 피어나고, 검붉은 내력으로 이 생의 슬픔을 필

스마트소설박인성문학상 후보작
이숙경

사한다.

그러니까 이것들은 완벽한 대응구로서 하나의 줄을 사이에
두고 연연해하는 우울한 차이를 보여주고 싶었던 바, 불면으로
끝나는 절망의 다른 이름은 하루의 마감이 길 위에 발이 닿기
만을 기다리지만 오오 그것은 완전한 헛수고. 아버지를 닮은
딸은 온종일 연필을 깎으며 그렇게 시혼의 지겨움을 견딘다.
그러므로 이 우상들은 올바른 것과 추락하는 것을 구별하기 싫
어하는 짐승의 반열에 서고 싶었던 날들의 기록일 것이다. 무
한이 주는 지겨움에서부터 시의 惡은 파종되었으리라. 그분이
오실 때까지 허접한 육신을 끌고 다니느라 기도가 길어졌다.
향유를 뿌리는 추도의 아침.

고개를 외로 꼰 神의 눈총을 견디지 못하고 책을 눕혔다. 너
의 침실은 너무 반듯하구나. 비극을 지속시키는 엄격함은 더
이상 배우기 싫다. 詩들은 일렬종대로(참으로 우울한 표정으로)한
걸음씩 올 때마다 발목을 꺾고 엎드러진다. 그 굴욕을 오늘도
얼굴에 가득 바른다. 천천히 눈가를 닦으며, 神이여 잘 마른 수
건 한 장만 주세요. 더 이상 미치지 않게 해주세요. 숨겨진 괄
호의 시간 내내 입술이 부르텄다. 이토록 필사적으로 善의 바
깥으로 잠입하는구나. 아버지처럼, 아버지의 친구처럼 그렇게
이생과 저 생을 둘 다 버리고 싶었다.

그래, 이왕 이렇게 되었으니 오늘은 그냥 슬프기로 하자. 이 것은 이미 예견된 수순. 이생의 슬픔이라는 곳에 도달했을 때 나의 손은 걸음을 멈추었고 묵직한 통증으로 한동안 고요하게 앉아 있었다. 결국 이렇게 되었다. 이생과 저 생의 환각에서 빗 어났고 더 이상 갈 곳이 없다는 것을 알아챈 것이다.

'이'와 '생' 사이에 칸을 하나 벌려놓고 그 틈을 비집고 치밀 어 오르는 필연적인 폭력을 읽는다. 이렇게 비참과 연루된 과 오들을 어떻게 청산해야 하는가.

한 번도 가본 적이 없는 중국인 거리에서 나는 헤매고 있었 다. 내가 모르는 향신료로 뒤덮인 상점의 부엌들에서부터 나의 불운은 조금씩 스미어 나오고 있었다. 그것들을 노래라고 누가 말했던가.

비음(非音)은 다카포로 끝없이 정가(正歌)를 연주하지만 나는 들을 줄 모른다. 그래서 너의 비극이 차이니즈 쟈스민을 피우 는지도. 수의를 입은 아버지가 불현듯 나의 곁을 지나가고.

어쨌든 나의 알맞춤한 병은 어깻죽지에서 통증과 함께 늙어 가고, 나는 밤마다 신신파스만 한 위로를 바른다. 그 시원한 슬 픔은 아침까지 은은히 나의 팔뚝을 문지르고 있었다.

'생'을 한자로 변환하면서 나이와 이름을 적은 몰(歿)의 연대 기를 떠올린다. 순차적으로 자라지 못하는 사랑은 대체 어디에 서 피어나고 있는지.

기어이 절룩거리며 어두운 골목으로 긴 그림자를 집어넣는다. 너의 발이 향하는 음습한 유곽을 너는 아무래도 가지 못할 것이다. 너는 자꾸 뒤로 걷고 젖몽울이 사라지고 밋밋한 가슴이 되어 사춘기 병을 앓고 있다. 한번도 가본 적이 없는 이 거리에서 만나는 고양이들, 버림받은 개들, 그것들이 낙서처럼 길고 구부러진 음화 속으로 도망칠 때 너는 감히 불행을 노래하려고 했다. 그래 이생에서 불행했다고 치자. 해독제가 없던 시절이었지.

열다섯 살이 스물다섯 살이 되면서 다시는 웃지 않게 되었다. 잘못했지? 너는 너무 많이 잘못했다! 너를 때린 선생이 늦은 점심으로 짜장면을 먹는 동안 너는 국기 게양대 밑에서 쭈그리고 앉아 오줌을 눈다. 눈가가 붉어지는 오후였다. 체벌의 형식으로 판서하던 소년의 붉은 뺨을 떠올린다. 빗금으로 지나가는 모든 학습의 시간들이 비극은 아니었다. 생은 한자로 변환되지 못했을 뿐이다.

보아라. '이'의 불편한 지시사항을 너는 잘 적고 있었겠지? 이 生의 슬픔이라고 너는 답했구나. 오답이 정답보다 아름다운 아침.

다시, 중국인 거리를 거닐고 싶다고 생각했다. 나의나와나의너와너의나와너의 손을 잡고 싶다고 생각했다. 희미한 미소가 입가에 머물렀다. 끓는 기름 속에 손을 넣고 싶었던 순간을 너는 잊어버려야 한다. 커다랗게 부푼 공갈빵처럼 비어 있는 부역의 순간들을. 그 모든 것들은 상점의 진열장에서 사라진 지 이미 오래인데. 지금도 가슴을 열면 오래된 멍의 흔적이 있다. 치와 욕을 구분할 수 없을 정도로 희미하게 남아 있는.

　나는 오늘도 그것들을 해독제 없이 먹어치운다. 이 영원한 복통을 나는 죽을 때까지 사랑하리. 분필가루가 잔뜩 묻은 지우개로 오후 두 시의 먼지들을 지웠고 이로써 나에게 몇 장의 지폐가 생겼다. 무엇을 사줄까. 문고리에 매달린 홍보지 속의 상점들을 펼친다. 너는 그곳에도 없구나. 너는 저곳에도 없구나. 마지막 장까지 넘겼어도 너는 없구나. 이미 저 생으로 건너갔구나. 새벽부터 붉은 줄을 긋고 몰(歿)의 연대기를 적는 아침이었다. 오래전 아버지의 유언처럼, 문어체 슬픔으로. ✗

1) 박인환. 透明한 바라이에티 중에서.

이희단

숙명여자대학교 졸업. 2015년 『문학나무』신인상 소설 「돌의 기억」 당선 등단.
e-mail:lhb0708@hanmail.net

키웨스트에서 게살 먹기

키웨스트에서 게살 먹기

우리는 식당을 찾는다고 그가 말했다. 바다가 바라보이는 전망 좋은 식당을 소개해 달라고 했는데도 주인은 계속 말로리 타령만 하고 있었다. 말로리 광장에서 바라보는 석양이 아름답다고, 여기까지 왔으면 꼭 봐야한다고 민박집 주인이 테이프를 되돌리듯 말했다. 앵무새처럼 계속되는 설명이 지겨워 나는 그의 옷자락을 잡아당겼다. 얼른 밖으로 나가고 싶었다. 햇볕이 내리쬐긴 하지만 걸어 다니기에 그리 더운 날씨는 아니었다. 봄에서 여름으로 넘어가는 계절, 초여름의 싱그러움을 마시고 싶었다. 다만 햇볕만 피하면 괜찮을 것이었다. 햇빛은 강렬했다. 그가 광장에서 식당으로 다시 화제를 돌렸다. 바다가 보이는 근사한 식당을 찾는다고 했으나 주인은 아예 지도까지 펼쳐놓고 광장을 손가락으로 짚어 보이기까지 했다. 지도를 보나마나 우리가 지나왔던 해변 근처에서 해가 바다에 떨어질 것은

스마트소설박인성문학상 후보작
이희단

뻔했다. 어느 바다에서 보나 석양은 다 같은 석양이지, 내가 심드렁하게 말했다. 근사한 식당이 있는지 다시 물어봐.

어제, 마이애미에서 그가 새로운 상품 소개와 마케팅 방법을 교육 받는 동안 나는 호텔에서 빈둥거리며 하루를 보냈다. 늦은 아침을 먹고 수영을 했고 쇼핑을 했다. 마트에서 와인과 치즈와 과일과 꽃을 샀다. 우리의 밤을 위한다는 명분이었지만 나는 정말 우리의 밤을 오래도록 기억하고 싶었다. 가벼운 취기였을까, 치기였을까. 달도 없는 깜깜한 밤을 핑계로 옷을 다 벗고, 사람 없는 빈 바다에 들어가기도 했다. 모래사장에서 그는 게처럼 내 곁으로 기어왔다. 그리곤 나의 옆구리를 뜯어 먹었다. 나도 역시 그를 먹었다. 그는 자꾸자꾸 나의 옆구리를 뜯어 먹었다.

우리는 사랑을 한 것일까. 이제 우리는 한 마음, 한 몸이 된 것일까. 쿨쿨 자고 있는 그의 곁에서 나는 쉽게 잠을 이루지 못했다.

새벽녘에 설핏 잠에서 깨어났을 때, 잠꼬대처럼 키웨스트에 가면 게를 먹자고, 봄이 가는데 게는 먹어야 한다고 그에게 웅얼웅얼 말했다. 어릴 적, 엄마는 매년 봄이 가기 전에 게는 먹어야 한다고 찜통에 한 가득 게를 쪄서 자식들에게 먹이곤 했다. 봄이야말로 게에 살이 가장 많이 올라있어 정말 맛있다고, 서해바다의 봄 게가 최고라며 소래포구에 가서 게를 한 궤짝씩

사오곤 했다. 값이 비싸지기 전까지 해마다 행사를 치르듯 먹
곤 했던 게였다. 나에게 게는 행복을 부르는 전령사였다. 지금
생각해보면 그 시절이 가장 행복했던 순간이었다. 찜통에서 막
꺼낸 게살은 얼마나 부드러우면서 쫄깃쫄깃했는지, 잠결에도
저절로 입 안에 침이 고였다. 그러면서 어젯밤 우리의 행위가
게처럼 서로를 물어뜯어 먹은 것은 아니었을까 생각했다.

세계에서 가장 아름다운 고속도로라는 키웨스트를 가는 길,
미국 최남단 1번 도로는 바다 위에 떠 있는 도로였다. 네 시간
을 달리는 내내 바다를 보고 보아도 질리지 않았다. 십여 개의
섬을 이어 만든 도로는 높은 언덕 위에선 하늘에 닿을 듯이 하
늘만이 가득했다. 어린 시절 미술 시간에 그렸던 하늘색을 기
억나게 했다. 하늘색의 하늘로 차를 타고 날아가는 상상을 그
에게 말하자 광고에 많이 나오는 장면이라며 우리도 하늘로 날
아보자고 속도를 올렸다. 바다와 하늘만이 있는 곳, 이제 세상
은 그와 나. 둘만의 세상을 엮어가야 한다고 마음속에 다짐했
다. 길은 곧게 뻗은 직선이었다. 세상길이 직선일지라도, 나의
길이 구불구불한 길일지라도, 나는 묵묵히 걸어 나갈 자신이
있다고 높은 하늘에 큰 소리로 외치고 싶었다. 이 풍경을 결코
잊지 말아야한다고 마음속에 다짐하는데 그가 나의 마음속을
들여다 본 것처럼, 괜찮아, 괜찮아, 다 괜찮아질 거야, 라고 크
게 소리를 질렀다. 소리는 하늘로 바다로 멀리멀리 퍼져 나갔

다. 나는 고개를 돌려 그를 보았다. 앞을 보고 운전하는 그의
옆 눈가에 눈물 한 방울이 달려 있었다. 나도 그를 따라했다.
괜찮아, 괜찮아……. 그가 나의 어깨를 감싸 안았다. 나는 그의
어깨에 머리를 기대었다. 활짝 열어놓은 차창으로 거센 바람이
들어와 나의 머리칼이 휘날렸다.

민박집을 나와 서너 걸음을 옮기니 등대 박물관이었다. 민박
집의 한 쪽 벽과 맞닿아 있을 만큼 가까웠다. 담벼락을 따라 길
게 뻗은 길을 걸으니 언젠가 걸었던 서울의 궁궐 담을 혼자 걸
었던 기억이 났다. 이제는 홀로 걷는 일 따위는 없을 것이었다.
미국의 땅끝까지 왔는데 서울은 잊자고 나에게 다짐을 했다.
걷는 내내 나무그늘이 있어 땀은 나지 않았다. 등대 근처에 살
았던 유명한 소설가가 밤늦게 취해 돌아올 때마다 등대가 나침
반 역할을 해주었다고, 안내판을 보면서 그가 설명했다.
낚시광으로도 유명했던 소설가의 집에는 사람들이 길게 줄
을 서서 기다리고 있었다. 기다리면서까지 보고 싶은 마음은
없었다. 고양이 한 마리가 집 안에서 나와 사람들을 쳐다보다
안으로 들어갔다. 그가 기르던 여섯 개의 발가락을 가진 고양
이가 아직도 대를 이어 살고 있다고 했다. 생전의 그는 고양이
에게 먹이를 주기위해 열심히 낚시를 한 것일지도 모른다는 내
말에, 그는 쓸데없는 생각이라면서 후후하고 웃었다. 그가 후
후하며 웃는 모습은, 바지에 손을 찔러 넣고 하늘을 향해 머리

를 약간 틀어서 웃는 모습은, 내가 가장 좋아하는 표정이었다. 순수한 웃음이랄까, 어쩌다 한 번 웃는 그의 표정을, 사진 찍듯 내 마음에 새겨놓았다. 마음속엔 이미 새겨져 있는 사진이 몇 장 더 있었다. 그가 웃기만 한다면 노래 가사처럼 하늘의 별이라도 따주고 싶었다.

　돌아서 발길을 옮겼다. 입구에서 조금 떨어진 곳에 화가가 그림을 그리고 있었다. 소설가가 배에서 잡은 청새치를 자랑스럽게 들고 있는 그림이 나의 눈길을 끌었으나 그는 게 그림은 없냐고 물어보았다. 화가는 무슨 말이냐는 듯 어이가 없다는 표정으로 고개를 흔들었다. 게는 이중섭이 많이 그렸지. 헤어진 가족을 생각하면서 말이야. 내가 작은 소리로 말했다. 그는 내 말에 아무 대꾸도 하지 않고 집과 나무를 그린 풍경화 한 점을 사서 나에게 선물했다. 어제 파티를 준비해 준 고마움의 표시라며.

　듀발 거리엔 관광지답게 기념품가게뿐만 아니라 아기자기하고 예쁜 소품을 파는 가게들도 많았고, 옷과 모자를 파는 가게, 자그마한 카페들, 자전거를 빌려주는 곳, 트롤리 관광버스를 타고 내리는 곳 등 오로지 관광객을 위한 거리로 꾸민 거리 같았다. 여기저기를 어슬렁거리며 구경하는 재미가 있었다. 이곳저곳을 기웃거려 보았지만 맘에 드는 물건은 찾을 수 없었다. 얼마큼 걸으니 조금씩 땀이 나기 시작했다. 식당을 몇 군데 지나쳐 왔지만 게를 파는 식당은 찾을 수 없었다. 여기에도 소설가가 단골로 다녔다는 조스바라는 이름의 술집이 있었다. 이른 시간인데도 사람들이 많았다. 그가 키웨스트에서 두 번째 부인과 칠 년을 살았었다는 것이 기억났다. 이제는 배도 슬슬 고파오기 시작했다. 식당 앞에 펼쳐놓은 메뉴판을 넘기며 열심히 게 요리를 찾는 그에게 아무거나 먹자는 얘기는 할 수 없었다. 게를 찾는 그의 마음을 알 수 있어서였다. 식당은 거리가 끝나는 해변 근처에 많이 있다고 했다. 우리는 그곳으로 발걸음을 재촉했다. 그러나저러나 여기 대서양에서 서해바다의 꽃게를 찾을 수는 있으려나. 공연히 게 얘기를 했나하는 미안함이 고개를 들었다. 랍스터나 대게가 아닌 꽃게는 어디에 있을까.

해변가로 오니 사람들이 제법 많았다. 이름난 호텔들도 눈에 많이 띄었다. 바다에는 크고 작은 배와 요트들이 상당했다. 배를 타고 석양을 보러 간다는 안내문과 함께 뱃삯이 적혀 있었다. 저 많은 배들이 석양을 보러간다고? 민박집 주인이 누누이 말한 석양을 보아야 한다는 말이 떠올랐다. 석양구경이 저거였단 말인가 하고 의문을 가지며 물고기가 그려진 식당으로 들어갔다. 식당 안은 사람들로 와글와글, 바글바글 거렸다. 사람들의 얘기소리가 공중에서 춤을 추었다. 쿵쾅쿵쾅 걷는 종업원의 발걸음 소리는 킹콩의 발소리처럼 크게 천장을 부딪쳤다. 아유 차이니즈? 먹먹한 귀를 막으며 그도 크게 대답했다. 노, 코리안. 자리가 없습니다. 식사를 하려면 여권을 맡겨놓고 기다

립시오, 라는 말에 기분이 상한 우리는 밖으로 나왔다. 나오니 바다에 떠 있는 크고 작은 배와 요트에 사람들이 들어서는 것이 보였다. 우리는 다른 방향으로 발걸음을 돌렸다.

해는 앞섬의 산 너머로 막 넘어가고 있었다. 말로리 광장엔 석양을 보러 많은 사람이 모여 있었다. 사람들은 별 말이 없었다. 말을 한다고 해도 소곤소곤 속삭였다. 핸드폰으로 사진을 찍는 사람들도 그리 많지는 않았다. 조용히 지는 해를 바라보는 것만으로도 오늘 할 일을 다 했다는 듯한 표정이었다. 등뒤에서 들려오는 쿠바사람의 노래가 낯설지 않았다. 선라이즈 선셋. 나는 허밍으로 조용히 그의 노래를 따라 불렀다. 유랑민의 노래였다. 석양에 어울리는 음악이었다. 드디어 해가 바다에 떨어졌다. 해가 바다에 떨어지자마자 사람들이 오랜 침묵에서 깨어나 자리에서 일어났다. 그제야 여기저기서 핸드폰을 찍어대는 소리가 났다. 바다에 남아 있는 해거름이 아쉬운지 몇몇의 사람들은 여전히 방파제에 앉아 있었다. 쓸쓸하고 막막한 기분이 나를 사로잡았다. 갑자기 고아가 된 듯한 느낌이었다. 엄마를 잃어버린 아이처럼 울고픈 느낌이었다. 나는 그에게 팔짱을 꼈다. 그가 옆에 있는데도 가슴이 저리는 이유는 무엇일까. 어떤 조짐을 느껴서일까. 불현듯 내일 일찍 서울로 돌아가야 한다는 생각이 났다. 쿠바사람이 연주하는 기타와 타악기의 애잔한 리듬이 하늘로 날아올랐다. 그는 말없이 바다를 바라보고만 있었다. 석양을 보는 것을 끝낸 사람들이 방파제에서 모두 떠나갔다. 이제 방파제엔 우리 둘뿐이었다. 바다에 서서히 어둠이 내렸다. 음악소리도 들리지 않았다. 그는 어두워지는 바다를 바라보며 움직이지 않았다.

허기가 몰려 왔으나 나는 그의 침묵을 깰 수 없었다. 다행이 등뒤에서 음악소리가 다시 들려왔다. 아까의 쿠바사람이 노래를 부르기 시작했다. 그제야 정신이 돌아온 듯 그가 나를 보고 웃었다. 역시 말로리 광장에서 바다에 떨어지는 해를 보는 것은 굉장했어. 배고파, 어서 게를 먹으러 가아지하며 그가 일어났다. 그래 게를 먹어야지. 나는 따라 일어서며 어젯밤의 우리를 상상했다. 게살을 먹는 것이 키웨스트에서의 로맨틱이었다. ⚡

정희선

서울 출생. 2014년 『중앙일보』 제15회 중앙신인문학상 소설 「쏘아올리다」 당선.

수다의 발견

스마트소설박인성문학상 후보작
정희선

수다의 발견

밭둑에서 자라는 대나무 한 그루가 있었다. 누가 거기에 심었는지, 왜 달랑 한 그루만 자라고 있었는지는 아무도 모른다. 어쨌든 홀로 자리를 넓게 차지하고 자라던 그 대나무는 그래서 그랬는지 다른 대나무보다 훨씬 굵었다. 남자 어른이 한팔로 껴안기가 버거운 굵기였다. 굵게 자라느라 바빠 위로 자라는 걸 잊었는지 대나무답지 않게 짧기도 해서 웬만한 성인 남자 키만큼이 될까 말까 하였다. 얼핏 봐서는 대나무로 보이지 않을 만큼 토실한 그 대나무는 소원이 있었는데, 그것은 말을 하는 것이었다. 밭에서 일을 하다 주고받는 농부들의 이야기와 오고 가는 동네 아이들의 재잘거림을 듣고 자라며 어느 사이엔가 자기도 거기에 끼고 싶다는 소망을 품게 된 것이다. 아니, 길러진 것이 아니라 어쩌면 처음부터 대나무의 영혼 어디엔가 깃들어 있던 욕구였는지도 모를 일이다. 어쨌든 대나무는 아이

들이 까르르 웃으며 지나갈 때마다, 동네 부녀자들이 자기의 몸통에 기대어 동네의 시시껄렁한 소문을 늘어놓을 때마다, 아아, 끼고 싶다, 끼고 싶어 미치겠다는 욕망을 어찌하지 못해 뿌리가 들썩거렸다. 껍질이 근질거렸다. 이파리가 우수수 흔들렸다. 그 누구보다 잘 떠들 자신이 있는데. 내가 입만 열면 다들 재미있어서 웃다가 쓰러질 텐데. 겨우 저런 얘기를 듣고 웃다니, 내 얘기를 들으면 기절하겠군, 참 내. 그러나 대나무는 대나무였다. 코웃음을 치고 싶어도 코가 없었고 떠들고 싶어도 입이 없었다. 그래서 그는 슬펐다.

어느 날 밭 주인이 그를 베어낼 때까지는.

키 작은 대나무의 존재에 신경을 쓰지 않던 농부는 어느 날, 그를 베기로 결정했다. 대나무가 밭에 그늘이라도 새삼 드리워서가 아니라, 그것으로 뭔가를 만들기로 한 것이다. 어린 아들의 생일이 다가오고 있었다. 농부는 굵은 대나무를 이용해 목마 비슷한 장난감을 만들 수 있을 거라고 생각했다. 아이가 타고 놀거나 끌고 다니며 놀 만한, 강아지나 말이나 뭐 그런 걸 닮게 만든 것. 농부는 말도 안 되게 단단하고 어이없이 굵기만 한 대나무를 자르느라 삼 일 하고도 반나절을 끙끙대고 애를 쓴 끝에, 그를 겨우 자기 집 마당으로 끌고 왔다. 그리고 또다시 닷새나 걸려 마디를 자르고 다듬어 몇 개의 길고 짧은 원통

을 만든 후, 어떤 것을 머리로 하고 어떤 것을 몸통으로 할지
생각하며 이리저리 맞추어 보았다. 그때 지나가던 바람이 농부
의 귀에 무엇을 속삭이기라도 한 것일까. 농부는 재미있는 생
각이라도 난 듯 혼자 웃고는, 숯을 가져다 원통 하나에다 얼굴
을 그려넣었다. 그렇지, 이거야. 꽤 그럴싸해 보이는군. 동그란
눈을 그리고 동그란 코를 그려 까맣게 칠하자, 귀여운 장난감
이 될 것 같은 조짐이 보였다. 내친김에 입도 그려 넣었다. 그
러자,

우와! 아하하하, 이제 말할 수 있어요! 이제 나도 입이 있다!
크하하하, 그거 알아요? 내가 얼마나 말을 하고 싶었는지? 아
니, 내가 얼마나 말을 잘하는지? 말하는 거 하나는 정말 타고
났는데 그동안 보여줄 수가 없었다니까요? 내가 얼마나 답답
했겠어요? 아, 근데 아저씨, 그런 얘기 들어봤어요? 나무한테
도 전생이 있다는 거? 나는 내가 대나무라고 생각해 본 적이
별로 없어요. 아, 아저씨는 내가 대나무라는 거 알아요? 내가
생긴 건 이래도 대나무인데…… 어쩌구저쩌구 저쩌구어쩌구.

농부는 놀라 뒤로 넘어졌다. 하지만 곧 일어나 귀를 막았다.
시끄러워 견딜 수가 없었던 것이다. 나무는 쉬지 않고 떠들어
댔다. 지치지도 않고 질리지도 않았다. 그동안 주워들은 동네
의 온갖 소문에서부터, 스스로는 웬만한 들은 이야기보다 훨씬

더 재미있다고 생각하는 자기가 지어낸 이야기, 밤에 해가 지고 나면 어떤 동물들이 동네로 내려오는지, 이씨네 고구마밭은 멧돼지가 파헤쳤다는 의심을 받고 붙잡혀 멧돼지 구이로 동네 잔치가 벌어졌었지만 사실 그건…… 등등. 농부가 참다못해 나무토막을 헛간 짚단 사이에 파묻은 후에도, 파묻어도 소용이 없어 장난감이나 마저 만들자고 도로 꺼내는 중에도, 귀를 막다 지쳐 방에 들어가 문을 닫은 후에도, 농부의 가족이 저녁을 먹고 발 닦고 잠이 든 후에도, 마당에서 달빛을 받으며 별빛을 받으며 대나무 토막은 떠들고 또 떠들었다. 떠벌떠벌, 따발따발.

아침이 되었다. 농부는 계속 떠들고 있는 나무토막을 어이없이 바라보다가, 소매로 숯검댕 입을 쓱쓱 문질러 지워버렸다.

사위가 조용해졌다. 평화로운 적막이라고 부를 수도 있을 지경이었다. 농부는 만세를 부르고 싶었다. 이렇게 간단한 것을, 어젯밤엔 지푸라기를 비벼서 귀를 막고 잤네 그려. 도대체가 말이야, 무슨 나무. 그런데 그때, 자기가 그려 넣은 동그란 눈과 눈이 마주쳤다. 대나무에 남은 그 동그란 눈에는 눈물이 글썽글썽 고이고 있었다. 그러더니 급기야 눈물이 주르르 흘렀다. 동그랗고 까만 코에도 콧물이 맺혔다. 대나무 얼굴은 뭔가를 호소하고 싶은 얼굴로 콧물을 연방 훌쩍였는데 입만 있었다

면 하고 싶은 말이 무엇인지 바로 알 수 있었겠지만 지금은 그
럴 수가 없었다. 농부는 눈물콧물 숯검댕이 범벅된 그 얼굴을
보며 어쩐지 우스워서 뱃속에서부터 웃음이 터져나올 것 같고
조금은 불쌍한 듯도 하고 미안한 것도 같은, 근질근질하고 이
상한 기분에 사로잡혔다.

그래서 어떻게 되었느냐고?

농부는 대나무에 다시 입을 만들어 주었다. 이번에는 지워지
지 않도록 칼과 끌을 동원해 단단히 새겨 주었다. 입도, 눈도
코도. 그 시끄러움을 어찌 참으려는 요량인지 걱정할 것은 없
다. 농부의 아이는 쉴 새 없이 떠들어대는 대나무 토막을 보고
놀라고 시끄러워 울음을 터뜨렸다. 귀를 막고 도망가서는 가까
이 오려고 하지 않았다. 둘은 좋은 친구가 될 수 없었다. 대신
농부는 대나무에게 꼭 맞는 자리를 찾아 주었다. 얼굴에 훤칠
한 장대를 달아 키를 훌쩍 키워 주고 옷도 입혀 주었다. 그렇
다, 허수아비로 만든 것이다. 농부가 시험 삼아 자기 논에 허수
아비를 세워 본 결과, 효과는 기대 이상이었다. 허수아비는 넓
은 논을 바라보고 서서 누구에게 해가 될 것도 없이 신나게 떠
들었다. 자기가 본 것, 들은 것, 상상한 것, 꾸며낸 것, 꿈에서
본 것을 모두. 키가 커지니 시야가 넓어져 보이는 것도 많았다.
무르익어 가는 벼를 노리고 몰려들었던 참새 떼는 허수아비의

현란한 말솜씨에 이끌려 그의 머리에, 팔에, 근처 나뭇가지에 가득가득 앉아서 이야기를 듣느라 시간 가는 줄 몰랐다. 해 지는 줄도 몰랐다. 부리를 떡 벌리고 이야기를 듣다가 그만 해가 꼴깍 져버려, 꼬르륵대는 배를 끌어안고 빈 부리를 다시며 잠을 자고는 다음날은 다시 중독된 듯이 그의 이야기를 들었다. 그러다가 배고픔에 지쳐, 더 이상은 못 견디겠다, 산에 가서 벌레라도 잡아야지 하고 정신 차린 몇몇 새들이 간신히 허수아비를 뒤로 하고 날아갈 수 있었다. 새들 사이에 허수아비의 치명적 수다에 대한 소문은 점점 퍼져, 저 논에 한 번 들어가면 애기에 홀려 듣다 굶어서 땅에 떨어질 때까지 벗어날 수 없다는 이야기가 이 마을 참새의 부리에서 저 마을 참새의 귀로 전해졌다.

그리하여 다른 논에는 참새가 까맣게 앉아도 농부의 논은 고고하게 금빛으로 넘실거렸다. 농부는 이삭을 거의 다 지켜내어 그 어느 해보다 풍성한 수확을 거두어들였다. 어디 논뿐인가. 밭에 세워 두면 이 말 많은 허수아비는 한밤에도 눈을 크게 뜨고 밭을 지키다가, 산짐승이 내려오면 소리를 고래고래 질러 동네 사람들을 몽땅 깨웠다. 멧돼지야! 고라니야! 토끼가 배추를 다 뜯어먹어요! 동물의 종류마저 미리 다 알려 주어, 사람들은 집에서 뛰어나올 때 이미 쫓기에 맞춤한 도구를 골라들고 나올 수 있었다. 이 소문 또한 떠들썩하게, 이웃 마을을 넘어 그 이웃 마을까지 널리널리 퍼졌다. 사람들은 이보다 더 좋은 파수꾼이 없다는 것을 금세 알아차렸다.

 그리하여 농부는 허수아비를 빌리러 오는 사람들에게 날짜를 정해 주느라 바빠 농사일을 나갈 시간이 부족할 지경이 되었다. 수확기에는 미리미리 예약을 해 두지 않으면 허수아비의 눈썹 하나 구경하기도 어려웠다. 보리쌀 반 되, 계란 다섯 알, 옥수수 서너 자루. 딱히 허수아비 대여료를 매긴 것은 아니었지만 작물을 잘 지켜낸 사람들이 고맙다고 가져다 주는 작은 것들도 쌓이고 쌓이니 꽤 쏠쏠하였다. 한편, 허수아비는 이웃 마을의 이웃 마을, 그 너머 마을까지 달구지에 실려 구석구석 다니며 새로운 소문을 듣고 새로운 풍경을 보고 그것으로 수다를 떠느라 입이 열 개라도 모자랄 판이었다. 떠들기 좋아하는 몇몇 부녀자들과 꼬마 아이들이 일부러 허수아비가 서 있는 곳까지 찾아가 몇 시간씩 이야기를 하기도 해, 또 그런 사람들일수록 허수아비의 흰소리에 아낌없이 배를 잡고 웃어 주어, 허수아비는 그야말로 입이 귀까지 벌어졌다. 농부도 행복하고 허수아비도 행복하였다. 한때 대나무였던 허수아비, 평생직업을 얻어 타고난 재능을 아낌없이 발휘하며 지금도 24시간이 모자라다고 떠들어대며 잘 살고 있다고 한다. 떠벌떠벌, 따발따발. ✦

2017년 가을 후보작

권현숙

성균관대학교 미술학과 졸업. 1992년 중편 「두시에서 다섯시 사이」로 『작가세계』
로 등단. 소설집 『나의 푸르른 사막』 『인간은 죽기 위해 도시로 온다』, 장편소설
『인살라』(전2권) 『루마니아의 연인』 『에어홀릭』, 공동소설집 『몸속에 별이 뜬다』
『열린문』. 『한겨레신문』문학상 수상. e-mail:jboa15@naver.com

첫사랑 일기

첫사랑 일기

— 사람이 진심으로 사랑하는 것은 단 한 번뿐이다. 그것이 첫사랑이다.

언니의 비밀 일기장에서 본 글이다. 완전 공감한다. 언니는 첫사랑에 빠졌다. 그리고 나도!

교회에서 합주반에 들었다. 그런데 오늘은 첫날이라 연습 안 하는 줄 알고 아무도 안 왔다. 합주반 선생님은 난감한 듯 손으로 이마를 짚고 고개를 숙였다. 그 모습이 언니가 그리는 쥴리앙 조각상과 어쩜 그리도 닮았는지! 나는 두근두근한 가슴으로 선생님 얼굴을, 숨 쉬는 쥴리앙을, 선생님 모르게 훔쳐보고 또 훔쳐보았다.

"우리 햄버거나 먹으러 갈까?"

선생님이 휙 고개를 들었다. 심장이 멎는 줄 알았다. 나는 간신히 고개를 끄덕이고 선생님을 따라갔다.

교회 뒷마당에 봉숭아들이 활짝 피어 있었다. 나는 핑크색 봉숭아 앞에서 멈췄다.

"예쁘지? 어렸을 땐 봉숭아 꽃물 들이고 그랬는데. 요새도 하니?"

선생님은 봉숭아를 몇 송이 따서 내 손에 소복이 담아주었다.

나는 '남자도 봉숭아물 들여요?' 묻는다는 게 "봉숭아물 들이고 싶은데……" 엉뚱한 말이 튀어나와 버렸다. 내 목소리가 떨리는 게 내 귀에도 들린다.

"그래? 그럼 해보지 뭐."

나는 벤치에 앉아서 선생님이 봉숭아 따고 돌멩이 줍고 하는 모습을 바라보았다. 손에는 아직도 선생님이 따 준 봉숭아가 소복하다. 언니, 봤지? 나 언니보다 먼저 남자에게 꽃선물 받았다.^^

선생님은 납작하고 동그란 돌멩이 두 개를 주어다가 봉숭아를 찧었다. 늘 매고 다니는 배낭에서 핀셋과 비닐봉지와 실이 나왔다. 의대생인 선생님 배낭 속에는 없는 것이 없다. 아이들이 넘어져 무릎이 깨지면 소독해주고 약 발라주고 밴드도 붙여주고…… 그래서 별명이 이동병원이다. 선생님은 으깬 봉숭아를 핀셋으로 집어서 조심조심 내 열 손톱에 얹고 비닐을 감고 실로 묶었다. 나는 숨도 차고 손도 떨리고 얼굴에서 열도 나고…… 들킬까봐 그만 달아나고만 싶었다. 양손에 봉숭아를 감은 채 우리는 햄버거를 먹으러 갔다.

"먹기가 불편해서 어쩌지? 먹여줘야겠네."

선생님은 내 햄버거를 덥석 들고 내 입에 대주었다. 너무 부끄러워 입을 크게 벌릴 수가 없다. '안되겠네.' 선생님이 벌떡 일어나서 내 쪽으로 옮겨 앉았다. 선생님과 나란히 앉았다. 다리도 닿고 어깨도 닿고 팔도 닿고. 나는 아기처럼 선생님이 먹여주는 햄버거를 조금씩 베어 먹었다. 선생님의 가슴에 내 뺨이 닿았다. 쿵, 쿵, 소리는 아마도 내 심장 뛰는 소리일 테지. 햄버거에 든 새우들이 톡 톡 터졌다.

"좀 더 둬야 물이 들 텐데……."

선생님이 내 손톱을 들여다보며 중얼거렸다.

"괜찮아요. 더 있어도 돼요."

어디서 용기가 났을까. 내 목소리가 커서 나도 놀랐다.

"그래? 그럼 선생님하고 공부 좀 할까?"

선생님은 가방 안에서 무겁게 생긴 두꺼운 책을 꺼냈다. 영어로만 쓰인 책 속에 사람의 뼈와 근육들이 널려 있었다. 해골 쪽을 펼쳐놓는다. 선생님은 해골을 공부하나 보다. 언니 티셔츠의 보석 박힌 해골과는 차원이 다르다. 진짜 해골은 웃는 것도 같고 노려보는 것도 같다.

"머리뼈는 이렇게 여러 조각으로 맞물려 있어. 우리 몸에서 가장 중요한 뇌를 보호하고 있지. 좀 무섭게 생겼지?"

　하나도 무섭지 않다. 선생님 품 안에서 보는 해골은 정말로 무섭지 않다. 선생님은 뭐라고 중얼거리면서 각 부분의 이름을 외우는 것 같다. 알아들을 수 없는 말을 중얼거리며 공부하는 선생님의 옆얼굴을 가만히 바라본다. 이제 선생님은 내가 있는 것도 잊어버리고, 햄버거 가게인 것도 잊어버리고, 자기만의 세계로 가버린 것 같다. 선생님의 얼굴을 처음으로 편하게 맘 껏 바라본다. 그러다가 문득 슬픈 생각이 들어 눈을 감았다. 저 아름다운 얼굴도 언젠가는 저 책 속의 해골처럼 변하리라. 뺨 으로 뜨거운 눈물이 흘러내렸다.

　"아이구, 잠들었구나. 봉숭아물이 잘 들었나 모르겠네."

　선생님의 큰 손이 내 뺨의 눈물을 닦아주었다. 나는 잠든 척 눈 감고 가만있었다. 아기처럼!

8월 1일 토요일 날씨; ☿

일어난 시각; 8시 5분 / 잠자는 시각; 9시 0분

오늘 봉숭아 꽃물 들엿다 숙제가 봉숭아물 들여오기엿다. 봉 숭아를 찧어서 손톱에 얹었다

　비닐봉지를 찢어서 물이 흐르지 안게 실로 묶었다 햄버거 먹 으러 갔다. 아! 그 새우햄버거는 그냥 평범한 새우 햄버거 아니

다 세상에서 젤로 맛있는 말로 할수가 업을만큼 특별한 맛이다. 봉숭아꽃물 들이기 숙제 재미있는숙제 매일매일 내주면 좋겟다. 새우햄버거는 정말 맛이 끝내주는 맛이엇다. 너무 맛이 있엇다 또 먹엇으면 좋겟다

*오늘의 중요한 일; 숙제하기 *내일의 할 일; 받아쓰기 공부

*오늘의 착한 일; 교회가기 *오늘의 반성; 햄버거 많이 먹기. 새우들이 죽기 때문이다

김연경

1975년 거창 출생. 서울대 노어노문학과 졸업. 1996년 『문학과사회』로 등단한 이래 소설집 『고양이의, 고양이에 의한, 고양이를 위한 소설』 『미성년』 『내 아내의 모든 것』 『파우스트 박사의 오류』, 장편 『그러니 내가 어찌 나를 용서할 수 있겠는 가』 『고양이의 이중생활』 등을 펴냈다. 도스토예프스키의 『죄와 벌』 『악령』 『카라 마조프 가의 형제들』 등을 번역하기도 했다.

악몽(3) _ 푸르디푸른

악몽(3) _ 푸르디푸른

1. 낙조(落照)

물 위의 도시, 백야의 절정이 저문다.

자정이 가까워지면 땅거미가 진다. 태양과 맞닿은 푸른 만, 쌀쌀한 물놀이를 즐기는 사람들, 입을 맞추는 귀여운 연인들, 예쁜 계집애를 목마 태운 젊은 아빠, 한 곁에 차를 세워두고 담배를 피우는 후줄근한 중년 남자, 왁자지껄 즐거운 금발 미녀들, 장바구니를 들고 터벅터벅 해변을 걷는 뚱보 아줌마, 해안가 풀숲에 몸을 포개고 있는 늙은 연인……. 그리고 피(彼)가 이 풍경 속에 묻혀 있다.

갑자기 그의 시선이 딱 멎는다. 푸르디푸른 물과 푸르디푸른 하늘, 이 두 공간 축이 시간 축과 만난다. 삼위일체의 접점에 커다란 구멍이 뚫리고 빨강과 노랑을 부조리한 배율로 섞어놓은 듯 오묘한 빛이 뿜어져 나온다. 백야의 끝자락에 우연히 낙조의 절정을 목도한 그는 깨닫는다. 종말이 멀지 않다.

이후 그는 오직 낙조를 보기 위해 바닷가 산책에 나신다. 북국의 맞바람이 너무 거세서 라이터도 켤 수 없다. 점퍼와 목도리로 중무장하고 불씨를 꺼뜨리지 않으려고 연이어 담배를 피워대며 자갈밭 한가운데 반석 위에 앉는다. 푸르디푸른 허공과 바다가 점차 어둠에 잠식된다. 구름에 가려진 태양이 느린 듯, 빠른 듯 변덕스럽게 수평선으로 내려온다. 전락의 움직임보다 더 전율스러운 것은 그 찬연한 큰 원이 물의 선과 맞닿는 지독히도 찰나적인 순간이다. 태양-원은 수면-선에 닿아 한점이 되기가 무섭게 급속도로 침몰하다가 함몰한다. 둔탁한 울림도 없고, 아슬아슬한 출렁임도 없다. 그러게, 태양 구멍이다.

낙조의 절정이 끝나면 그의 눈앞으로 광활한 무정형의 공간이 펼쳐진다. 푸르디푸른 공간과 검디검은 선의 사차원적인 만남은 로바체프스키의 두 평행선처럼 영원하리라.

어느덧 8월 말, 가을을 예고하는 찬비가 내린다. 바닷가의 축축한 반석 위에 앉아 담배 연기를 마시며 맥주 한 병을 딴다. 두어 모금 마실 무렵 후줄근한 장바구니를 든 노파 하나가 다가온다. 어린아이처럼 작은 몸집인데, 그나마도 쭈글쭈글, 바싹 오그라들었다. 지하실 한구석에 웅크리고 앉아 축축한 웃음을 흘리면 오싹 소름이 돋을 것 같은 형상이다. 입을 벌리자 헐렁한 잇새로 엉성한 말이 새나온다.

"비도 오는데 뭐해? 등신 같은 놈, 젊은 놈이 그렇게 담배 피우면 못 써!"

이어 신세한탄이 이어진다. 노파의 조그맣고 헐거운 몸이 저 바다의 잔물결처럼 일렁인다.

"요새는 애들이 많아져서 이 짓도 못 해먹겠어. 애들은 발도 빠르지, 힘도 좋지. 늙은이가 해봤자 얼마나 하겠어? 병 하나 팔아봤자 꼴랑 1루블이야. 빵 값은 또 얼마나 올랐는지. 치즈랑 버터는 엄두도 못 내. 자식새끼 키워봤자 말짱 도루묵이고…… 아이고, 맥주 갖고 제사 지내냐! 빨리 좀 마셔, 이 등신아!"

적반하장도 유분수지. 그의 입가로 겸연쩍은 듯, 무안한 듯 어색한 미소가 일다가 그대로 새겨진다.

갑자기 노파 하나가 또 나타난다. 손에 장바구니를 들고 그의 곁을 슬그머니 맴도는 모양새가 익숙하다. 새 노파는 이미 터를 잡고 있던 헌 노파와 대놓고 싸움을 벌인다. 생의 한가운데서 생의 가두리로 밀려난 두 노파의 황혼녘의 전투는 시나브로 속살대는 밀담으로 바뀐다. 잇새로 뿜겨져 나오는 늙은 숨결소리가 묘한 이중주를 이룬다. 거북살스러운 관객의 역할을 빨리 끝낼 수 있는 방법은 딱 하나다.

그는 남은 맥주를 얼른 처리한 다음 새 맥주병을 따서 식은

숭늉 들이키듯 벌컥벌컥 마신다. 병 두 개를 사이좋게 하나씩 나눠주자 두 노파는 고맙다는 말은커녕 자비로운 마음에서 쓰레기를 거둬주는 양 거들먹거리며 땅거미 지는 침침한 무대 너머로 사라진다.

두 노파가 사라진 자리, 비가 그친 하늘에는 짙은 먹구름이 무리지어 뻗어 있다. 수평선에서 멀찍이 떨어져 있던 둥근 태양이 점점 아래로 내려온다. 드디어 구멍처럼 뚫린 커다란 새빨갛고도 샛노란 원이 푸르디푸른 선과 맞닿는다. 종말이 코앞이다.

2. 변태(變態)

갑자기, 너무 비좁다.

방 안, 컴퓨터 책상 앞에서 일어서는데 허벅지가 낀다. 걸음을 떼다가 의자 모서리에 무르팍을 부딪친다. 절름절름 침대 쪽으로 가는 길에 탁자용 작은 나무 상자에 복숭아뼈를 찧는다. 절로 구부러졌던 몸을 펴자 천장이 정수리까지 내려와 있다.

화장실, 원래 세면대도 없이 변기 하나만 달랑 있다. 오늘따라 더 비좁다. 안으로 들어가긴 했으나 문이 안 닫힌다. 두 손

을 얌전히 모아 허벅지에 올리는데 팔꿈치가 양쪽 벽에 닿는
다. 변기 뚜껑 위에 올려놓은 휴지를 향해 손을 뻗지만 닿지 않
는다. 뒤치다꺼리는 더 힘들다. 고문 틀처럼 비좁아진 화장실
을 간신히 빠져나온다.

"야옹."

그의 눈앞에서 거의 이차원처럼 여겨지는 가늘고 납작한 검
푸른 형상이, 하지만 고양이, 그것도 러시안 블루임이 분명한
어떤 형상이 어른거린다. '넌 대체 누구냐?' 하고 묻고 싶지만
녀석이 먼저 입을 연다.

"나는 영원히 악을 행하고 싶지만 영원히 선을 행하게 되는
힘의 일부야. 아니야. 나는 영원히 선만을 원하는 유일한 존재
야. 흥, 천만의 말씀. 나는 아무것도 원하지 않아. 해골 깨고 노
는 것도 지루해, 지루해 죽겠어. 하지만 죽을 수가 있어야지!
고양이가 아홉 개의 목숨을 가졌다고 하잖아? 아홉 개가 뭐야?
9가 무한대로 이어지는 거야. 이런 불멸, 너무 싫어!"

녀석의 말은 다시 "야옹"으로 바뀌고 녀석의 형상도 사라진
다. 공간의 협소화가 몸 곳곳에서 느껴진다. 집이 이차원으로
바뀌고 있다. 가만히 있다가는 종이인간처럼 짜부라질 것이다.
그는 황급히 집을 빠져나온다.

바닷가, 자갈밭 위의 나지막하고 야트막한 반석. 담배를 뿜
어내고 맥주를 마시고 담배를 들이켜고 트림을 뱉어내는 작업

을 번갈아 해본다. 이 느린 박자에 맞추어 한 노파가 빈 맥주병을 받아 가고, 한참 뒤 또 한 노파가 두 번째의 빈 맥주병을 받아 간다. 글쎄, 어쩌면 같은 노파인가.

육지 쪽, 시커멓고 거대한 개 한 마리가 긴 꼬리를 허공에 날리며, 긴 다리를 쭉쭉 뻗으며 걸어온다. 그는 맥주병을 노리는 노파들처럼 천천히, 그러나 집요한 투지를 보이며 개에게 다가간다. 우유팩과 유리조각이 즐비한 자갈밭을 지나고 해변의 풀밭을 가로질러 날렵하게 개의 등 위에 올라탄다. 앗! 지금껏 그 흔한 말 타기 놀이조차 해본 적 없는데 이렇게 잘 하다니! 하지만 역시나 이건 환각이다. '턱' 하는 순간, 온몸에 육중한 무게가 느껴진다. 어느덧 그는 두 손발(네 발)로 땅을 짚고 있으며, 개는 뒷발(다리)을 그의 등 좌우로 늘어뜨리고 앞발(손)을 그의 목덜미 근처에 가뿐하게 올려놓고 있다. 속수무책이다. 개는 손으로 그를 몰아대고 그는 네 발로 달린다.

'정말 개 같군.'

그리하여 그는 분연히 떨치고 일어나 직립보행 하는 인간의 위엄을 뽐낸다. 일순간 개는 땅바닥으로 나뒹굴지만, 금방 자세를 바로잡고서 뾰족하고 싯누런 이빨을 드러내며 그를 향해 돌진한다. 잇새로 끈적끈적한 침을 질질 흘리는 개의 험악한 면상을 본 찰나, 송곳 같은 이빨이 그의 머리뼈를 우걱우걱 씹고 골수가 꿀꺽꿀꺽 삼켜진다. 한쪽 눈알이 시커먼 나락으로 떨어지는 순간, 그는 아직은 먹히지 않은 한쪽 눈알로 섬광처럼 지나가는 낙조의 붉고도 노란 빛을 본다.

'정말 아름답구나, 여기서 멈추어라!'

그 눈알마저 이내, 태양이 검푸른 바다 속으로 침몰하듯, 개의 컴컴한 목구멍 속으로 사라진다.

엉덩이쯤에 이른 개는 기왕지사 먹은 것도 다 게워내고 싶다는 듯 꾸역꾸역 무성의하다. 그러면서도 집요하게 끝까지 씹어 먹는다. 마침내 개가 사라진 자리에는 그의 몸 어딘가에 붙어 있던, 점처럼 새까만 사마귀 하나만 남았다.

한참 뒤 술 취한 유쾌한 청춘들이 나타난다. 누군가가 사마귀를 밟고 움찔하더니 그것을 집어 올려 휙 던진다. 허공을 날아 바닷물 속에 풍덩 빠지는 사이, 피(彼)는 있지도 않은 머리를 굴려보며 존재할 수도 없는 미소를 흘린다.

'나쁘지 않은 종말이군.' ✕

남명희

2014년 봄 『문학나무』 신인상 소설 당선 데뷔. 발표작품 「이콘을 찾아서」 「자밀」
「그 종탑에 종이 있었을까」 등, 성북동 역사문화해설사.
e-mail:nam3583@hanmail.net

싱크홀

스마트소설박인성문학상 후보작
남명희

싱크홀

그는 뇌신경이 마비된 듯 눈만 굴리며 멍하니 서 있었다. 한참 동안 거울에 비친 자신의 얼굴을 바라보던 그는 한숨을 내쉬었다. 이마에 남아 있는 옅은 보라색 멍 자국과 왼쪽 볼에 달라붙은 바퀴벌레 등짝 같은 검붉은 피딱지가 보기에도 흉측했다. 갑자기 머릿속을 심하게 두들기는 두통이 일며 다리가 후들거렸다. 두 손으로 얼른 세면대를 짚고 버텼다. 지진이 난 것처럼 화장실 바닥이 출렁였다. 이러다 저세상으로 가는 건 아니겠지. 그런 순간 머리가 어찔하며 눈앞이 캄캄해졌다. 정신 차리자, 정신 차리자. 눈을 질끈 감은 그는 무슨 주술처럼 이 말을 여러 번 되뇌었다. 그러면서 그는 오늘 있었던 여러 일들을 조각조각 떠올려 보았다.

피피티 슬라이드를 다음 장면으로 막 넘기려는 순간이었다. 왼쪽 엄지손가락이 바르르 떨리는가 싶더니, 금세 뻣뻣해졌다.

하마터면 손에 쥐고 있던 리모컨을 떨어뜨릴 뻔했다. 재빨리 강의실 안을 훑어보았다. 칠십여 명의 눈은 여전히 스크린을 응시하고 있었다. 청중은 그가 맞닥뜨린 긴박한 상황을 눈치채지 못한 것 같았다. 하지만 슬라이드화면을 넘기시 못한 그는 당황스러웠다. 엄지손가락을 움직여 보았다. 전혀 느낌이 없다. 강의를 계속하기 위해 리모컨을 슬쩍 오른손으로 바꿔 쥐고 버튼을 눌렀다. 화면이 바뀐 순간, 갑자기 아래턱이 덜덜 떨렸다. 누군가에게서 들은 스트레스성 경련 같기도 했다. 깊게 숨을 들이마셨다. 그래도 턱이 떨려 말이 잘 나오지 않았다. 더는 강의를 계속할 수 없을 것 같았다. 오늘은 정말 감동적인 강의를 해야지, 라며 단단히 마음을 먹고 나온 그는 실망이 컸다. 그가 멈칫거리는 동안 강의실 한쪽에서 작은 소음이 일었다. 그 소음은 하품처럼 급속히 전염되었다. 옆 사람과 큰 소리로 잡담을 하거나 화장실을 다녀오기도 하고 서로 자리를 바꿔 앉기도 했다. 금세 시장바닥처럼 시끌벅적해졌다. 50분 강의를 위해 열 배, 스무 배 더 공을 들여 준비했지만 한순간에 일을 망치고 말았다. 수많은 강의를 해오며 턱에 경련이 일어 중단한 건 처음이었다. 노인대학 시간강사도 이제 그만두어야겠어. 할 만큼 했어. 그는 힘없이 어깨를 떨어뜨린 채 강의실을 나왔다. 그제야 마비된 엄지손가락이 풀렸다는 걸 느꼈다.

두통이 사라지자 어지럼증도 서서히 가라앉았다. 그는 피딱

지가 붙은 왼쪽 볼을 조심스레 쓰다듬어 보았다. 혹여 흉터라
도 생기지 않을까 은근히 속으로 걱정이 되었다. 광대뼈가 욱
신거리며 여태 아스팔트 냄새가 나는 것 같았다. K구민회관에
서 제대로 강의를 끝내지 못하고 집으로 돌아올 즈음이었다.
아파트 앞 한적한 도로를 건너고 있는데, 갑자기 땅이 푹 꺼지
며 앞으로 고꾸라졌다. 둔탁한 물체에 이마를 부딪치는가 싶더
니 머리가 깨질 듯 아팠다. 비릿한 폐아스콘 악취와 찌든 기름
냄새가 폐 속까지 파고들었다. 울컥 속이 뒤집힐 것만 같았다.
한쪽 볼이 쓰라렸다. 아스팔트 위에 엎어진 채 손으로 볼을 문
질러 보았다. 손바닥에 피가 묻어났다. 그때, 그의 몸뚱이가 순
식간에 땅속으로 빨려들어갔다. 언뜻 그의 머릿속에 두려움이
스쳤다. 그를 에워싼 흙벽이 계속 스멀스멀 무너져 내렸다. '하
늘이 무너지고 땅이 꺼진다'는 말이 바로 이런 때를 두고 한 말
인가 싶었다. 그는 지름이 1미터 남짓한 구멍으로 하늘만 올려
다보고 있는 수밖에 별도리가 없었다. 얼마 후 사람들이 웅성
이는 소리가 들렸다. 구급차의 숨 가쁜 사이렌 소리는 그를 더
욱 초조하고 불안하게 했다. 그 순간 가장 두렵고 무서운 것은
싱크홀 속에 파묻힌 채 흔적도 없이 사라질지도 모른다는 공포
였다. 입이 바싹바싹 마르고 목이 타들어가는 듯 아렸다. '목이
타게' 구조를 기다리던 그는, 마침내 구급대원이 내려준 밧줄
에 매달려 간신히 싱크홀을 탈출할 수 있었다.

거울을 보던 그는, 기름 냄새를 씻어내기라도 하려는 듯 얼굴에 한껏 비누칠을 해서 닦았다. 그러고 나서 다시 한 번 힐끗 거울을 훔쳐보았다. 거울 속 백발노인은 너무 낯설었다. 움푹 들어간 눈자위와 치아가 없어 옹다문 합죽한 입이며, 며칠을 앓은 환자처럼 퀭한 눈에 광대뼈만 툭 불거진 수척한 얼굴은 영락없는 해골바가지였다. 당신을 만나게 해준 하느님께 감사해요. 그는 아내가 한 말을 떠올렸다. 마누라가 눈이 삐었던 게야. 이런 내가 어디가 좋아서 감사하단 말이야. 그는 저어새처럼 하릴 없이 머리를 주억거리다 빼어둔 틀니를 끼워 보았다. 대여섯 살은 더 젊어 보였다. 그제야 예전의 자기 얼굴모습을 찾은 것 같아 기분이 좀 좋아졌다. 오, 틀니 감사합니다, 하느님! 순간 그는 자신도 모르게 불쑥 그렇게 아내가 하던 식으로 말하고는 깜짝 놀랐다. 아내는 매사 감사를 입에 달고 살았다. 새벽마다 성당에 갈 수 있어서 감사, 날씨가 더워서 감사, 밥맛이 좋아서 감사. 그렇게 그녀는 감사하면 감사할 일만 생긴다며 그에게도 늘 감사하는 마음을 가져야 한다고 했다. 그러던 작년 어느 봄날, 예수님이 죽었다 살아나신 게 얼마나 감사한 일이에요. 어쩌면 우리 인생에 마지막이 될지도 모르는데 이번 부활절에는 당신도 꼭 같이 가요, 라며 그녀는 그가 성당에 함께 가기를 간절히 바랐다. 하지만 부활절날 아침, 그의 아내는 홀로 성당으로 갔고, 그는 늘 하던 대로 종묘공원으로 갔다.

아이엠에프 때 직장을 잃은 그는, 이런저런 핑계로 가끔 주

스마트소설박인성문학상 후보작
남명희

일미사를 거르다가 어느 날부터 아예 성당하고는 담을 쌓았다. 혼자서 종묘공원이며 도심 골목길을 배회하다 시장기가 돌면 2천 원짜리 국밥집에 들러 배를 채웠다. S그룹 계열사의 핵심 간부였던 그는 회사가 인생의 전부인 것처럼 살았다. 회사가 망하면서 길 잃은 도시의 들개처럼 이 골목 저 골목을 쏘다니는 게 그냥 자유롭고 좋았다. 지난날 자신의 모습을 떠올리며 그는 씁쓸한 기분이 들었다. 게다가 작년에 죽은 아내를 생각하면 마음이 더욱 짠하고 우울했다. 그녀는 자신의 운명을 예언이나 한 것처럼 부활주일을 지내고 바로 세상을 떠났으니 말이다. 오늘 하루 이런저런 일로 정신이 산란하고 뭔가 알 수 없는 죄책감으로 마음이 무거웠다.

화장실에서 나온 그는 잠자리에 들었지만 영 잠이 오지 않았다. 잠들려고 애를 쓸수록 눈두덩이 무겁게 내려앉으며 정신은 더욱 말똥말똥해졌다. 이래서는 안 되겠다 싶어 일어나 창문을 활짝 열었다. 뿌연 연기가 낀 듯 하늘이 잔뜩 흐린 게 꼭 자기의 머릿속 같았다. 갑자기 뒷골이 무거워지며 머리에 통증이 느껴졌다 그는 좌우로 몇 차례 머리를 흔들어보았다. 요즘 부쩍 뒷머리가 저릿저릿하고 욱신거렸다. 말짱했던 기억력이 형편없이 떨어졌다고 느껴질 때도 있었다. 재작년에 칠십을 넘긴 그는 슬슬 걱정이 되었다. 이러다 노망이라도 들면 어쩌지. 날 돌봐줄 마누라도 없는데 말이야. 그는 괜히 불안하고 초조했다. 하지만 다 부질없는 걱정인거라. 그런다고 뭐 달라질 것도 없잖아. 에라, 잠이나 자자. 그는 다 잊어버리고 그만 자고 싶었다. 다시 자리에 누웠다. 거실에서 뻐꾸기 우는 소리가 들렸다. 뻐꾹, 뻐꾹. 새벽 2시를 알리는 뻐꾸기시계 소리를 듣는 그는 외로웠다. 꿈에서라도 죽은 아내가 보고 싶었다. 누워 있는 그의 눈가장자리로 희미하게 눈물이 번졌다. 그러다 설핏 잠이 들었을 즈음, 두툼한 구름을 타고 하늘을 날고 있는 것 같았다. 좀 어지럽다고 느낀 순간, 갑자기 롤러코스터를 탄 것처럼 몸이 요동을 쳤다. 어, 안 돼! 그는 힘을 다해 소리쳤다. 하지만 소리가 입 밖으로 나오지 않았다. 그는 머리가 터질 것만 같은 고통을 느끼며 허공에 대고 팔을 내저었다. 어디선가 아내가 부르는 듯한 소리가 희미하게 들렸다. 마누라가 날 데리러 왔나? 이러다 정말 죽는 거 아냐? 그는 정신을 바짝 차려야겠다고 생각했다. 그러나 그는 이내 바닥이 어딘지도 모를 허방으로 한없이 떨어져 내려갔다.

그는 천천히 눈을 떴다. 누워 있는 방이 낯설었다. 몸을 움직여보려 했지만 꼼짝할 수가 없었다.

"아버지, 아들 철이에요! 제 말 들리세요?"

아들이 큰 소리로 외치며 그의 손을 잡았다. 그는 '여기가 어디냐?'고 물으려는데 말이 나오지 않았다. 그때 며느리가 그의 코앞에 얼굴을 들이대며 말했다.

"아버님, 저 승제 어미예요. 새벽에 제가 왔을 때, 방문이 열린 채 방바닥에 쓰러져 계셨어요. 풍을 맞으신 거랍니다. 의사 선생님 말씀이……. 곧 회복되실 거래요. 너무 걱정 마세요, 아버님."

'그럼, 네가 119에 전화를?' 라고 말하려는데 이번에도 역시 입이 떨어지지 않았다. 갑자기 머리가 욱신거리며 뒷골이 당겼다. 그는 다시 눈을 감았다. 머릿속은 여전히 꿈결처럼 흐릿하기만 했다. 얼마나 시간이 흘렀을까. 다시 눈을 떴을 때, 아들이 얼굴을 가까이 대며 말했다.

"아버지, 보이세요? 제 옆에 신부님이 와 계세요."

'신부님? 신부님이 왜 여기를?' 여전히 입속에서만 맴돌고 말이 나오지 않았다. 달싹이는 그의 입술을 보고 알아챘는지 아들이 곧바로 말을 이었다.

"아버지께서 위중한 상태이신 것 같아 급히 달려가 병자성사를 부탁드렸어요."

"이제 좀 괜찮으세요?"

신부님이 그의 오른손을 잡으며 말을 이었다.

"고해성사 보시겠어요?"

신부님의 말에 그는 한동안 눈을 감고 생각을 했다. 마지막 고해성사를 본 지 20여 년이 넘었다. 그때였다. 얼핏 아내의 얼굴이 떠오른 것은. 어쩌면 우리 인생에 마지막이 될지도 모르는데 이번 부활절에는 당신도 꼭 같이 가요, 라며 아내가 손을 내밀었다. 그는 얼떨결에 그녀의 손을 콱 움켜잡았다. 그러자 그의 손을 잡고 있던 신부님이 깜짝 놀라며 말했다.

"아이쿠, 손이야. 아직도 아귀힘이 대단하세요. 성사 보시겠다고요? 네, 잘 결심하셨습니다. 말씀은 못하셔도 마음속으로 그동안 지은 죄를 뉘우치고 하느님께 고백하시면 됩니다."

'아니, 그게 아닙니다. 저는 아내가 내민 손을……' 라고 말하려는데 역시 말이 나오지 않아 그는 오른손을 들어 흔들었다.

"준비되셨다고요? 알겠습니다. 그럼, 이제부터 하느님께 죄를 고하세요."

신부님은 성호를 그으며 그에게 미소를 지었다. 그는 별안간 죄를 고백하자니 난감했다. 성사 보는 요령도 잊어버렸다. 눈을 감고 그동안 지은 죄가 무엇인지 떠올려 보려 했지만 머릿속이 백짓장처럼 하얄 뿐 당최 아무 생각도 나지 않았다. 한참을 망설이던 그는 '다 잊었습니다. 아무 생각도 나지 않아요.' 라고 말하려다 오른손을 흔들었다.

"끝나셨다고요? 알겠습니다. 주님께서 죄를 용서해주셨습니다."

신부님은 그의 머리 위에 십자를 그었다. 그런 다음, 그의 입에 성체를 넣어주었다. 성체를 영한 그는 살며시 눈을 감았다. 순간 밝은 광채가 그의 온몸을 감쌌다.

그 빛은 워낙 강렬하여 눈을 뜰 수 없었다. 한참 만에 눈을 뜬 그의 앞에 하얀 넝쿨장미꽃으로 뒤덮인 아치모양의 꽃대문이 보였다. 진한 장미꽃 향내가 맡아졌다. 향내에 이끌려 서서히 몸을 일으킨 그는 한 발 한 발 꽃대문 쪽으로 나아갔다. 가까이 다가가자 그의 아내가 환하게 웃으며 그를 맞이했다.

"마누라, 이게 환상은 아니겠지? 날 알아보겠어요?"

그는 한걸음에 아내에게 달려가며 물었다.

"알다마다요. 어서 오시구랴, 영감."

그녀가 입가에 엷은 웃음을 띤 채 그의 손을 잡으며 말했다.

"여보, 마누라. 오랜만에 함께 장미꽃 대문을 들어서니 참 좋구려. 허허."

행여나 놓칠세라 아내의 손을 꼭 다잡은 그는, 끝을 알 수 없는 깊고 깊은 싱크홀 속으로 빨려들어갔다. ✈

이수조

2016년 신라문학대상 수상 등단. e-mail : astaldo@naver.com

물밥

스마트소설박인성문학상 후보작
이수조

물밥

　새벽에 홀로 깨어 있을 때, 외로움 대신 막막함으로 허기질 때, 길고양이처럼 울고 싶을 때, 어둠이 내 뒤를 쫓아올 때, 그리고 봄눈처럼 꽃이 지는 강가를 걸을 때, 문득문득 할머니가 준 물밥을 먹던 아이가 생각난다. 아이의 창백한 얼굴보다 그 아이가 먹고 난 뒤 상 위에 덩그러니 남아 있던 빈 그릇을 기억한다. 배고픈 혼령에게 주는 물밥. 강물에서 나온 그 아이는 내 뒤를 집요하게 따라와 할머니한테 물밥을 얻어먹었던 것이다.

　할머니 기일을 하루 앞둔 날, 나는 버스를 타고 스무 해 전 할머니와 함께 살았던 강마을을 찾았다. 버스에서 내릴 때 초등학교 앞에는 사람 그림자조차 보이지 않았다. 교문 옆 커다란 느티나무 가지 사이로 한여름의 햇살만 떨어졌다. 폐교가된 학교. 볼 때마다 더 기울어지는 교문 옆 점방 간판. '점빵'이라고 쓴 간판 글자의 검정색은 희미하게 죽어가고 있었다. 폐교 옆에서 시간의 무게를 버티고 있는 문 닫힌 가게다. 그 앞을 지나 천천히 풍화작용이 일어나는 익숙한 풍경 안으로 걸어 들어간다.

강물은 투명하고 맑아 바닥의 모래까지 보인다. 물은 아득히 흘러가지만 강은 늘 그 자리에서 반겨준다. 물 위에 드문드문 하얀 점으로 서 있는 해오라기들. 숲 그림자를 끌어안은 녹청색 물빛이 아름답다. 구름이 그림자를 드리우며 다리 위를 지난다. 구름이 지나간 다리 난간에 해오라기 한 마리 외따로 있다. 할머니에 대한 그리움 때문인지 새의 하얀 털 빛깔이 애틋하다.

숲에서 살다 숲이 된 할머니. 이 강을 건너면 숲속에 할머니와 함께 살던 집이 나온다. 할머니는 할아버지의 갑작스런 죽음에 충격을 받아 말을 잃어버리셨다. 아빠는 할머니가 가장 사랑했던 열한 살 된 나를 할머니 곁으로 보냈다. 그때 저 해오라기가 앉은 난간이 있는 다리는 없었다. 나는 할머니 집에서 징검다리로 강을 건너 지금은 폐교가 된 초등학교를 3년쯤 다녔다. 그때 강을 건너다가 아이들이 익사하는 일이 자주 일어났다. 아이 한둘쯤 죽음은 일상으로 여겼던 것일까. 아이들은 여전히 위험한 돌다리를 건너야 했다. 더구나 어두워진 다음 강을 건넌다는 것은 어른 아이 할 것 없이 죽음을 마주할 만큼 두려운 일이었다.

지금 나는 20년 전 깜깜한 밤 친구들에 의해 끌려 나온 바로 그 강가에 섰다. 도시에서 전학 온 외톨이다. 게다가 할머니와 함께 살아서인지 걸을 때 꼭 뒷짐을 졌다. 물귀신 이야기를 할 때마다 귀신 같은 것은 없다고 아빠처럼 말했다. 그런 나의 행동이 이곳 친구들의 표적이 되었던 것이다.

그 밤은 달도 별도 뜨지 않았다. 컴컴한 거울처럼 길게 누운 강물. 물 흐르는 소리는 낮보다 더 크게 들렸다. 강가의 수양버들 긴 가지가 내 목에 척 감겼다. 그 섬뜩함이란! 그때의 두려움이 아직도 남아 있는지 상쾌하게 불어오던 강바람이 갑자기 서늘해졌다. 강물에 잠겨 흔들리는 수양버들의 축 늘어진 가지. 희미한 기억으론 한동안 이 나무를 쳐다보지도 못했던 것 같다.

다리 위의 해오라기가 물속을 들여다본다. 표적을 찾는 것일까. 나도 강물을 들여다본다. 누치가 헤엄친다. 꺽지도 지나간다. 작은 물고기들의 동그란 눈도 보인다. 깜깜한 강가에서 나를 지켜보던 어린 친구들의 까만 눈들. 그리움과 서늘함을 동반한 슬픔이 가슴에 번지며 그 어두웠던 밤이 떠오른다. 징검다리 위에 섰을 땐 혼이 반쯤 나가 있었다. 정신없이 징검다리를 디뎠다. 강의 한가운데쯤일 것이다. 차갑고 축축한 손길이 목덜미를 쓰윽 스쳤다. 그 순간 물속으로 끌려들어가는 줄 알았다. 나도 모르게 비명을 질렀다. 그 소리가 얼마나 컸던지 귀가 먹먹했다. 귀를 막고 마구 내달리면서 할머니를 불렀다. 첨벙첨벙하는 물소리가 바싹 따라왔다. 시커먼 강물 소리, 정말 그 밤의 강물 소리는 시커멓게 들렸다. 그렇게 기억에 남아 있다. 나는 더 큰소리로 할머니를 부르며 죽으라고 내달렸다. 할머니, 할머니, 할머니. 나무들 사이에서 불빛이 가느다랗게 흘러나왔다. 불빛은 곧 내 발밑에 멈췄고 발 딛을 곳을 비춰주었다. 할머니의 손전등 불빛이었다. 할머니의 불빛은 그 후 내 몸속으로 스며들었다. 지금도 할머니의 불빛은 할머니처럼 내 몸속에 살아 있다. 불빛이 가까워져도 시커먼 강물 소리는 여전히 내 뒤를 따라왔다. 나는 할머니를 밀치고 마루로 뛰어올랐다. 바로 그때였다. 바람이 등을 툭 치듯이 어떤 말이 들렸다.

"밥 먹고 가라."

생각 없이 들었다. 아니 들렸다. 옷은 젖었고 강물 소리는 따라오고 바람은 불고 계절에 관계없이 추웠다. 방문을 닫고 문고리를 잡은 채 마구 떨었다. 잠시 후 문틈으로 밖을 내다보았다. 어둠 속에 창백한 얼굴의 아이가 있었다. 아이는 마루 끝에 앉아 할머니가 차려준 밥을 먹었다. 쿵쿵 뛰는 가슴을 진정시키고 다시 밖을 내다보았을 때 아이가 있던 자리엔 어둠만 미세하게 흔들렸다. 물이 담긴 대접과 밥그릇은 깨끗이 비어 있었다. 헛것을 보았다고 생각했다. 그런데 할머니의 목소리가 귓전을 맴돌았다. 믿을 수가 없었지만 시간이 흐른 후에 할머니한테 물었다. 밥 준 적 있냐고.

"물밥이다. 귀신도 밥 먹어야제. 배고파서 너 따라왔쟈."

물밥, 제사 때마다 네모난 작은 상에 물과 밥을 챙겨 마루에 내어놓던 할머니. 황천신을 따라온 배고픈 중천신을 위한 물밥. 배고픈 혼령에게 물밥을 챙겨주시고 잃어버린 말을 되찾은 할머니. 그뿐이 아니었다. 그 후 징검다리에서의 익사사고는 더 이상 일어나지 않았다. 기록으로 남지는 않겠지만 나는 이승과 저승이 맞닿는 그 시간들을 보았다. 이곳은 시간의 흐름에서 벗어난 곳 같다. 옛날이야기를 들려주는 것처럼 배고픈 혼령에게 밥 먹고 가라는, 할머니의 목소리가 불어오는 바람 끝에 실려 온다.

육신과 영혼을 잇고 신과 인간을 잇는 밥. 밥 먹는 일. 할머니의 물밥을 먹고 빈 그릇을 남긴 배고픈 아이를 떠올릴 때마다 무척 중요한 무엇인가를 깨달은 기분이 든다. 내가 살아 있는 한, 나와 함께 살아 있을 할머니. 할머니 기일이 다가오면, 살면서 잃어버린 나 자신을 찾기 위해 이곳에 오는 것 같다. 햇살에 몸을 뒤척이며 반짝거리는 강물. 아득히 멀리까지 이어진 강. 고개를 천천히 들었다. 난간 위에 있던 해오라기가 없다. 기분 좋은 전율이 살짝 전신을 스친다. 나는 숲속 할머니의 빈 집을 향해 강을 건넌다.

이재연

전남 목포 출생. 이화여자대학교 독문학고 졸업. 1970년 『현대문학』으로 등단. 장편
『황혼 무렵엔 그리운 사람을 만나러 간다』, 산문집 『누군가 나를 부른다』.
e-mail:leesonne@hanmail.net

섬

스마트소설박인성문학상 후보작
이재연

섬

아까부터 누군가 뒤를 따라오고 있는 것 같다. 가슴이 철렁 내려앉는다. 걸음을 멈추고 뒤를 돌아다본다. 허름한 옷차림에 뭐라고 혼잣말하며 걸어오고 있는 중늙은이 한 사람과 엄마 손을 잡고 걸어오고 있는 서너 살로 보이는 여자아이가 눈에 띈다. 나는 절뚝거리며 걸어간다. 머리를 맑게 하는 허브차를 사러 인사동에 가는 길이다. 갑자기 해가 구름 뒤로 숨어버리자 대기가 침침해진다. 곧 비라도 올 것 같다. 계속 걸어가자 이번엔 등뒤에서 시선이 느껴진다. 다시 돌아다본다. 여자아이가 갑자기 으악! 하고 울음을 터뜨린다. 나도 모르게 공포감이 솟구쳐 앗! 하고 비명을 지르며 빨리 걸어간다. 인사동 쪽으로 가는 사거리를 지나자 시커먼 물체로 보이는 존재가 후딱 쇼윈도에 비친다. 어딘지 그 아득한 이미지가 김분암를 연상시킨다.

나는 길가 빌딩 안으로 들어가 화장실로 간다. 숨을 고르고 난 후 거울을 본다. 얼굴의 왼쪽과 오른쪽이 달라 보인다. 오른쪽엔 창백한 혼이 어려 있는 듯하다. 인공관절이 든 오른쪽 무릎 때문인지 왼쪽은 적당히 살이 올라 있다. 유혹의 손짓에 끌려 삶을 즐기며 살기를 바라고 있는 듯하다. 두 개의 서로 다른 내가 한 몸속에 살고 있는 듯하다. 결혼 후 3년 만에 오른쪽 무릎에 종양이 생겼다. 의사는 왜 이 병이 생겼는지 이유를 알 수 없다고 했다. 어두운 곳을 좋아하는 비정상적인 세포가 급속하게 퍼져나간 것일까. 불확실한 오늘을 살아가는 이 시대의 공기가 무섭게 느껴진다.

바람 불고 비 내리는 어느 늦가을 저녁이었다. 도서관 근무가 끝나고 직원들과 회식하고 집에 돌아와 찬 손으로 번호키를 눌렀다. 불이 꺼진 거실로 약간 절룩거리는 걸음으로 들어섰다. 문이 열려 있는 안방에서 희미한 스탠드 불빛이 새어나왔다. 김분암은 전화하고 있었다.

지금 방금 들어왔어. 다시 연락할게.

나는 다시 연락할 사람이 누구인가 물었다. 그는 담담한 목소리로 여자 친구라고 했다. 나는 그에게 넘을 수 없는 담이 있다고 말했다. 그는 어깨를 으쓱 추스르며 마찬가지라고 말했다. 삭막한 담 사이로 냉랭한 바람이 불어댔다.

또다시 봄이 왔다. 그는 회사에서 돌아오면 여덟 시쯤 핸드폰을 들고 밖으로 나갔다. 시선이 부딪칠 때는 얼른 피해버린다. 그는 연립주택 옆 주차장으로 가서 전화하든지, 어떤 때는 아래 블럭의 어린이 놀이터로 가 전화하고 난 뒤 간단한 운동기구로 몸을 풀고 들어왔다. 나는 그가 여자한테 전화한다는 것을 알고 있었다. 의심과 소외의 그늘에서 우울증이 심해졌다. 하루하루의 삶은 물속의 그림자처럼 여운을 남긴다.

그럴 즈음 어느 주말 저녁이었다. 그날 그는 이상하게 기분이 좋아 보였다. 둘이서 식사하고 난 뒤 차를 마시며 그가 말했다.

여자는 말이야, 겉으로 보면 몰라.

그럼?

관계를 해봐야 아는 거야.

그가 자신의 부정을 시인한 순간, 내 속의 어두운 그림자의 형체가 갑자기 뛰쳐나와 그를 무너뜨릴 것 같았다. 나는 그와 마주하고 앉아 있는 것이 두렵고 무서워졌다. 그가 원해서 여자를 만나는 것은 자유지만, 나는 그의 자유를 감당할 수가 없는 것이다. 우리의 관계는 거의 끝장에 와 있었다. 서로의 근본이 다르다고 그를 밀어내며 방어한 결과인지 모르겠다. 무엇으로도 회복이 불가능하게 보였다. 우리는 각자 살기 위해 별거하기로 했다.

그가 원룸을 얻어 나가는 날은 비가 내렸다. 그는 마지막으로 자기의 숟가락까지 챙기고 나서 거실에 서 있는 나를 힐끔 돌아보았다. 비밀이 스민 게슴츠레한 눈빛이었다. 그는 뭔가

말하려는 듯 구부정한 자세로 어정쩡하게 서 있다 휙 나가버렸
다. 벽시계는 다섯 시를 가리키고 있었다.

그가 떠나버리자 집 안은 나만의 시간과 생각으로 가득 차
헐떡이는 숨소리, 가슴이 속삭이는 말소리까지 고요한 집 안에
울리는 듯하다. 한 번의 상처는 어느 한순간에 깊게 패인다. 그
흔적을 없애기 위해서는 갈망의 소리를 때도 없이 쏟아내야 한
다. 사방은 캄캄한데 어디에선가 희미한 빛이 비추고 있는 듯
하다. 내가 나에게서 벗어나고자 몸부림칠수록 그 환한 손길에
대한 갈망도 깊어지고 있다.

언젠가 통영 앞바다에서 보았던 푸른 빛 물안개에 싸인 섬들
이 힘내라고, 손짓하고 있는 듯하다. 이슬비에 젖어 있는 섬들
은 맞은편 섬들을 보며 울고 있는 듯했다. 내 뺨 위로 떨어지는
눈물을 본 것일까.

어젯밤 꿈이었다. 문들은 바람에 덜컥거리고 방문이 열려진
앞마루엔 두 천사가 근심어린 얼굴로 나를 지키고 있었다. 푹
파진 컴컴한 동굴 같은 부엌 쪽에서 가면을 쓴 거인이 누군가
뒤에서 밀어대는지 누운 채로 얼굴부터 쑥 들어왔다. 두 천사
들은 서로 껴안고서 무서워 떨고 있었다. 살려줘요! 비명을 지
르며 사나운 꿈자리에서 깨어났다.

주말 저녁 도서관에서 일찍 퇴근한 나는 멘토 같은 고향 친

구를 만나기 위해 혜화동으로 갔다. 그녀는 나보다 먼저 결혼
했다. 나는 결혼식 때 그녀의 드레스를 빌려 입었다. 그녀의 옷
이 내게 맞듯 사람을 끌어당기는 말은 한 단계 위로 끌어올려
주는 듯했다. 암을 극복한 그녀는 출판사에 다니며 혼자 여행
을 자주 다녔다. 학림 찻집에 앉아 있자 폰의 진동이 울렸다.
그였다. 그가 말했다. "저어 말이야…… 나, 달라졌어." "난 그
대로예요." 알았어, 하고 그는 무슨 암호처럼 짧게 말하고선 전
화를 끊었다. 실내엔 슈베르트 '마왕'의 질주하는 말발굽소리
를 연상시키는 피아노 소리가 흐르고 있다. '아버지, 무서워요.
마왕이 쫓아오고 있어요.' '애야, 그건 안개란다. 마른 잎이 바
람에 서걱거리는 소리란다.' 그때 친구가 환한 얼굴로 들어왔
다.

누군가 나를 미행하고 있다는 생각이 들어. 먼 데서 보이는
실루엣이 김분암 같아.

그게 무슨 소리야? 별거가 힘들어?

그게 아니야. 그와 살 때 받은 상처가 그림자로 변해 들어앉
아 있는 듯해. 검은 형체의 사람처럼.

자기 두뇌에서 쌓인 것이 나와 헛것으로 보일 수 있어. 넌 그
를 사랑했잖아. 그를 용서하렴.

그게 아니라, 이젠 내가 사는 것이 중요해.

나도 암에 걸리기 전에 일 년간 그런 증상이 있었어. 비정상
적인 세포가 마구 분열하기 때문에 자신이 둘로 나누어진 듯했

어. 병을 이겨내자, 영혼의 선물이라는 생각이 들었어. 어둠은 밝은 데서 빛나는 거야. 여행은 세포를 새롭게 하고 생기를 줘. 너는 바다를 좋아하잖아. 어디 바다라도 보고 오렴. 고요한 들판 같은 데로 나가 신도 만나고. 누구나 사막 같은 들판이 필요해.

빨리 환영에서 벗어나고 싶어. 그런 곳에 가면 무지개를 볼 수 있을까?

쌍무지개도 볼 수 있어. 죽기 아니면 살기로 피나게 싸우다 보면, 어느 순간 혼쭐이 위로 올라가는 것을 느껴. 새로 태어났다는 신호야. 떠나렴.

통영에 갔다. 비가 부슬부슬 내리고 있었다. 바다는 안개처럼 자욱했다. 여기저기 홀로 떠 있는 작은 섬들이 서로 젖은 얼굴을 보며 두런두런 갈망의 말을 하고 있는 듯하다. 하얀 바닷새와 헐떡거리는 숨소리처럼 들리는 파도 소리……. 때로는 섬이 기뻐서 웃음을 터뜨리면 바람은 또 다른 섬에게 그 맑은 웃음소리를 실어다 준다. 섬을 때리는 거센 물결은 신의 중심을 향해 다가서려는 몸부림처럼 느껴진다. 적막한 섬이 자신처럼 느껴진다.

토요일 오전, 하얀 모자를 쓰고 색을 메고 밖으로 나갔다. 거리엔 사람이 별로 없다. 팔월의 태양은 거리를 말갛게 비치고 있다. 오늘 대북 방송을 중단하지 않으면 시한폭탄을 터뜨린다고 북한은 선전포고했다. 남쪽과 북쪽의 경계를 흐르는 임진강을 물들이는 해질 무렵의 태양이 보고 싶어진다. 왜 쫓기는 마음이 들 때 남북으로 나누어진 강물에 비친 그 붉은 태양이 보고 싶은지 모르겠다. 철조망 너머의 하늘을 물들이는 황혼 빛은 따스한 손길로 이쪽과 저쪽으로 갈라져 있는 땅을 어루만져 주는 듯하다.

파주 헤이리를 가기 위해 버스 정류장을 향해 걸어간다. 하늘은 푸르고 맑다. 어느새 태양이 중천을 향해 움직이고 있다. 시간은 해보다 헐떡거리며 바삐 흘러가고 있다. 붉은 잠자리 한 마리가 길 옆 수풀 속에서 나와 창공을 향해 날아간다.

헤이리 서점에 들어갔다. 사람이 별로 없다. 천장이 높고 층과 층 사이의 나선형으로 이어진 벽엔 책들이 빼곡이 꽂아져 있다. 이 서점에 오면 기분이 좋다. 책을 서너 권 보다가 그로니에의 『섬』을 사들고 밖으로 나왔다. 바로 서점 옆의 건물에선 '그림책의 탄생' 전시회를 하고 있다. 달리와 쿠텐베르크의 그림책도 전시되어 있다. 일층을 둘러보고 이층으로 갔다. 관람객이 나밖에 없다. 삼층에도 사람이 없다. 시계를 봤다. 다섯 시 십오 분 전이다. 북한이 선전포고를 한다는 시간이 가까워지고 있다. 갑자기 불안이 스친다. 나는 아래층으로 내려와서 데스크의 젊은 여자에게 물었다.

주말인데, 왜 사람이 없나요?

북한이 선언한 '48시간 최후통첩' 시한이 오늘 다섯 시예요.

여기가 파주라 폭격이라도 터질까봐 사람들이 무서워하나 봐요. 보통 때는 관람객이 많아요. 불안해 죽겠어요. 우리나라는 언제까지 이래야 하나요?

안내원은 슬픈 눈으로 나를 보며 담담한 목소리로 말했다. 사는 것이 갑자기 무서워진다. 나는 서둘러 밖으로 나왔다. 희미한 햇살이 비치고 있는 나무 사이로 바람이 불고 있다. 다른 때와 달리 거리에 별로 사람이 없다. 야외 파라솔 아래 좌판대에는 공예품을 팔고 있다. 젊은이들이 거리를 구경하거나 레스토랑 앞 테이블 의자에 앉아 음식을 먹고 있다. 아트숍 앞을 지나자 유리문 안의 벽시계가 여섯 시를 가리키고 있다. 나는 깊게 숨을 내쉬었다. 오늘은 위태한 다섯 시를 넘긴 것이다. 살아난 것이다. 일어서야지. 희망은 나의 무기이자 오래된 습관이기도 하다. 조금 더 걸어가자 야외찻집에서 조성모의 '가시나무'가 들려온다. 바람을 타고 애절한 목소리가 가슴으로 스며든다.

내 속엔 내가 너무도 많아\당신의 쉴 곳 없네\내 속엔 헛된 바램들로\

당신의 편할 것 없네\내 속엔 내가 어쩔 수 없는 어둠…….

나는 목이 말랐다. 주위를 둘러보며 걷는다. 낮과 밤을 갈라지게 하는 어스름이 곧 몰려올 거다. 한식집이 보였다. 갑자기 허기가 몰려왔다. 나는 안으로 들어가 창가에 앉았다. 나의 그림자도 따라와 옆에 앉았다.

스마트소설박인성문학상 후보작
이재연

다음날 새벽 꿈속에서 어둑한 형체가 머뭇거리며 나를 보다가 어둠 속으로 사라져갔다.

아침에 전화가 왔다. 그였다. 벌써 세 번째다.

오늘 다섯 시에 전에 만났던 종로 찻집에서 만나자. 할 말이 있어.

낮도 아니고 밤도 아닌 경계의 시간 속으로 나를 불러들이고 있다. 그의 가벼운 말이 바람처럼 스쳐지나간다. 생각해 볼게, 하고 말한 뒤 나는 수화기를 내려놓았다.

나는 색을 메고 집을 나섰다. 신을 만나러 들판으로 가라는 친구 말이 빛처럼 떠올랐다. 햇살에 잠긴 침묵의 들판엔 바람과 나무와 풀 냄새가 떠다닌다. 나는 종로가 아니라 용산역으로 가기 위해 인덕원 쪽으로 걸어갔다. ✻

이평재

1998년 『동서문학』 신인문학상에 단편 「벽 속의 희망」이 당선되어 등단했다. 소설집 『마녀물고기』 『어느 날, 크로마농인으로부터』, 장편소설 『눈물의 왕』 『엉겅퀴 칸타타』 『아브락사스의 정원』이 있다. 그리고 공저로는 『우리는 행복할 수 있을까』와 『국경을 넘는 그림자』 등이 있다. 현재 소설가 모임 '문학비단길' 회원이며, '예술서가'를 이끌고 있다.

비탈길의 샤샤

스마트소설박인성문학상 후보작
이평재

비탈길의 샤샤

그래, 나는 네 엄마를 외면했어. 네가 태어날 때도 가지 않았지. 안부를 묻거나 도움을 청하는 문자메시지를 수차례 받았는데도 매번 그냥 삭제해 버렸어. 네 엄마를 용서할 수 없었거든. 아마 내 입장이 된다면 누구라도 그랬을 거다. 나는 남편도 없이 온갖 고생을 하며 네 엄마를 키워 프랑스로 유학까지 보냈지. 네 엄마의 꿈이 유명한 패션디자이너가 되는 거였거든. 그건 평생 재봉틀 앞에 앉아 헌옷을 수선하며 살아온 내 꿈이기도 했지. 지금은 멀쩡해 보이지만, 내 삶의 대부분은 아주 구질구질했단다. 나는 열 살 무렵부터 새벽 4시에 일어났어. 4시에서 6시까지 엄마를 따라 헌옷을 주우러 다녔지. 엄마는 그 주워온 헌옷을 수선해 시장으로 가지고 나갔어. 그러곤 해가 지면 쌀이나 찬거리를 사들고 돌아왔어. 간혹 하얀 크림이 가득든 동그랗고 납작한 빵을 사왔는데, 나는 그 빵의 달콤한 크림을 정신없이 핥으면서 이런 생각을 했어. 절대로 엄마처럼 구질구질하게 살지 않겠다고.

그런데 언제부터인지 엄마가 수선한 옷들이 마음에 들지 않는 거야. 저 노란 원피스는 퍼프소매를 잘라내고 흰색 바이어스테이프를 대면 촌스럽지 않을 텐데, 저 회색코트는 동그란 주머니를 뜯어내고 네모난 주머니를 큼직하게 달면 훨씬 더 세련돼 보일 텐데. 저 꽃무늬 블라우스는 소매만 조금 넓혀도 요즘 유행하는 스타일이 될 텐데. 그러나 엄마는 나의 그런 감각보다는 자신의 유행 지난 안목을 더 신뢰했어. 눈길에 미끄러져 팔뚝이 부러진 뒤에야 어쩔 수 없이 나에게 말했지. "네가 한번 해 볼래?" 그 뒤, 내가 수선한 옷들이 남김없이 팔리자 엄마는 더 이상 재봉틀 앞에 앉지 않았어. 나에겐 더 자라고 손사래를 치곤 홀로 헌옷을 주우러 새벽거리로 나갔지.

나는 어느새 구질구질한 삶을 운명처럼 받아들이고 있는 나 자신을 느꼈지만 의외로 크게 문제 삼지 않았어. 왜냐하면 옷을 수선하는 일이 무척 재밌었거든. 단지 바람이 하나 있다면, 그건 헌옷을 수선하는 게 아닌 새옷을 만들고 싶었다는 거였어. 그랬기에 시장 중앙통로에 몸 하나 겨우 비집고 들어갈 좁은 자리가 났을 때 그악스럽게 달려들었지. 적어도 거기에선 새벽마다 헌옷을 주우러 나가지 않아도 된다는 생각이 들었거든. 낡고 더러운 옷이 아닌 깨끗한 옷을 만진다는 생각이 들었거든. 운이 좋으면 자투리 천을 얻어 옷을 만들어 팔수도 있을

것 같았거든. 그곳은 겨우 책상크기만 한 공간이었어. 재봉틀
과 의자와 쌓인 실타래가 전부인 그곳에서 30년을 버텼지. 바
짓단 2000원, 허리 줄임 3000원, 지퍼 10000원을 받고 재봉
틀 네 개를 갈아치우면서 남에게 손 한번 벌리지 않고 네 엄마
를 키웠지.

그런데 사람들은 말했어. 내가 네 엄마를 통해 내 인생을 보
상받으려는 심리가 강하다고. 하지만 그게 뭐가 어때서? 네 엄
마도 분명히 나와 똑같은 꿈을 꾸고 있었다고. 그런데 어느 날
아침, 느닷없이 초인종이 울리면서 그 모든 꿈이 먼지처럼 흩
어져버린 거지. 참으로 기가 막힌 일이 아닐 수 없었어. 차라리
어떤 언질이라도 있었으면 좋았을 텐데 말이야. 어쨌든 내 바
람대로라면, 나 대신 파리 몽마르트 언덕의 한 노천카페에서
우아하게 모닝커피를 마시고 있어야 할 네 엄마가 현관문을 열
고 들어서는 걸 보며 나는 뒷걸음을 쳤지. 그러곤 눈을 꾹 감고
서서 내 앞에 나타난 네 엄마의 모습이 환영이기를 간절히 기
도 했어. 그런데 내가 다시 눈을 떴을 때, 네 엄마는 여전히 불
룩하게 솟은 배 위에 한 손을 얹고 있었고, 다른 한 손으론 순
대가 든 까만 비닐봉지를 들고 있었지. 그건 정말이지 내가 바
라던 모습이 아니었어.

나는 거기까지 이야기하고 여섯 살 여자아이의 표정을 살폈
다. 검은 피부 때문인지 두 눈이 유난히 반짝였다. 마치 내 말

을 충분히 알아듣고 있는 것 같은 착각이 일었다. 그러나 나는 아이의 온몸에서 불안감이 꿈틀대고 있는 걸 알 수 있었다. 필요 이상으로 깜박이는 눈, 불규칙한 숨소리, 한 번씩 의자 손잡이를 꽉 쥐었다 놓는 손. 그랬기에 아이를 똑바로 쳐다보지 않았다. 눈을 맞추면, 마음이 흔들려 아이를 외면하기가 어려울 것 같았다. 그런 나에게 아이가 뜻밖의 말을 했다.

"엄마의 아빠는 어디 있어요?"

나에겐 가혹한 질문이었다. 네 엄마는 사생아란다. 그런 네 엄마가 또 사생아인 너를 낳았으니 내가 제 정신이었겠니? 하고 진실을 말할 수 없었다. 잠시 머뭇거리다가 늘 그랬던 것처럼 거짓말을 했다.

"네 엄마가 어렸을 때 병에 걸려 세상을 떠났단다."

아이가 이해한다는 듯 고개를 끄덕이며 되물었다.

"우리 아빠도 그랬어요."

나는 정신이 번쩍 들었다. 아이를 빤히 쳐다보며 다그치듯 물었다.

"뭐? 네 아빠가 죽었다고? 누가 그래? 엄마가 그렇게 말했니?"

"네."

"그건 사실이 아니야."

"맞아요. 내가 아기 때 병에 걸려 돌아가셨다고 했어요."

"네 아빠는 죽지 않았어. 살아 있어."

"거짓말하지 마세요."

"지금 아빠 나라에서 네가 오기를 손꼽아 기다리고 있단다."

"아니에요."

"그러니 아빠 나라로 가거라."

아이는 입을 꼭 다물고 더 이상 대답하지 않았다. 꼬박꼬박 존댓말을 쓰는 걸 보면 예의 없이 막 자라지는 않은 것 같았다. 그러나 나는 딸의 모습이 떠오르는 걸 애써 외면하며, 어린아이에게 그런 가혹한 말은 하는 게 아니라는 감정이 이는 것까지 애써 외면하며 냉정하게 말했다.

"여긴 이제 네 엄마도 없잖니."

아이는 '엄마'라는 말을 듣자 불안감으로 잠시 잊었던 슬픔을 되찾은 듯했다. 어깨를 들썩이며 거친 숨을 몰아쉬다가 굳게 다문 입술을 실룩거렸다. 곧이어 훌쩍이기 시작했다. 점점 더 큰 소리를 내면서 울음을 터트렸다. 그래도 나는 뱀의 붉은 혀처럼 아이에게 속삭이고 싶었다. 그곳에 가면 너와 피부색이 똑같은 사람들이 많이 살고 있다고, 아무도 너를 이상한 눈으로 쳐다보지 않을 거라고, 설사 아빠를 못 만나 시설에 들어간다고 해도 여기서 사는 것보단 훨씬 더 나을 거라고. 무엇보다 내가 너와 같이 살고 싶은 마음이 추호도 없다고. 그러나 나는 아이가 점점 더 큰소리로 울고, 아이 또래였을 적의 딸의 모습이 자꾸만 떠올라 차마 말하지 못했다. 대신 그동안 삭이지 못하고 목구멍까지 차올라 있던 말을 토하듯 쏟아냈다.

시끄럽다, 울지 마라. 나도 이렇게 참고 있는데 네가 왜 울어. 그날, 네 엄마의 그 불룩한 배 때문에 내가 얼마나 충격을 받았는지 아니? 숨통이 조여 아무 말도 나오지 않았어. 고개를 폭 숙이고 있는 네 엄마를 그대로 두고 방으로 들어가버렸지. 그러곤 팔다리에 힘이 풀린 채 머리를 싸매고 일주일을 누워 있었어. 그런데 말이야, 사실 그때까지만 해도 나는 네 엄마를 영영 외면할 생각은 없었단다. 네 엄마를 빈손으로 쫓아낼 생각을 더더욱 없었지. 그 불룩한 배만 어떻게든 해결하면 된다고 생각했어. 그러나 네 엄마는 끝내 내 말을 듣지 않았어. 애가 타 쩔쩔매는 나를 아랑곳하지 않고 순대를 먹고, 김밥을 먹고, 날고구마를 깎아먹었지. 소파에 누워 파리의 메트로역에서 파는 딱띠플레뜬가하는 길거리음식이 먹고 싶다고 침을 삼키면서 프랑스영화를 봤지. 나는 프랑스영화를 보는 네 엄마도, 네 엄마가 보고 있는 프랑스영화도 다 꼴 보기 싫었단다. 그래도 꾹 참고 네 엄마를 달랬어. 한 번씩 발작하듯 울화가 치밀면 멍청한 년! 바보 같은 년! 하고 등짝을 후려쳤지만 그래도 희망을 버리지 않았어. 매번 내일은 무슨 수를 써서라도 해결을 하고 말거라고 다짐했지.

그런데 네 엄마는 말했어. "뭐가 문제인데?" 나는 잘 못 들은 것 같아 되물었어. "뭐라고? 지금 그걸 말이라고 하니?" 네 엄마는 또다시 말했어. "프랑스에선 엄마만 있지 미혼모라는 개념 차체가 없어. 그래서 엄마가 프랑스를 좋아한 거 아니었어?

그리고 한 가지 더 엄마가 알아야 할 게 있어. 아이 아빠가 흑인이야." 그러곤 화장실로 달려가 문을 쾅 닫고 수돗물을 틀었어. 나는 흐르는 물소리에 섞인 네 엄마의 신음에 가까운 울음소리를 들으며 무너지듯 그 자리에 주저앉았어. 온몸에 힘이 풀려 움직일 수가 없었지. 찬물이라도 마셔야 할 거 같아 부엌으로 기어가려해도 팔다리조차 말을 듣지 않았어. 그대로 바닥에 등을 대고 누웠지. 하늘을 원망하며 왜 나에게 이런 일이 생기는 건지, 어디서부터 잘못 된 건지 따져 보았지. 아무리 생각해도 하나뿐이었어. 내가 프랑스를 너무 좋아했다는 거.

그랬지. 하루 종일 시장바닥에서 일을 하고 집에 돌아올 때면 나는 늘 비디오가게에 들렸어. 프랑스영화 빌려 그것을 틀어놓고 잠이 들었지. 네 엄마의 아빠는 그런 분위기의 나를 좋아했단다. 긴 머리를 뒤로 넘기는 내 모습이 파리지엔느 같다고도 했어. 그러나 나중에는 악담을 퍼부었어. 자신의 처지도 모르고 지적 허영심과 문화적 욕구만 강한 꼴불견이라고. 그랬기에 어느 일요일 아침 네 엄마의 아빠가 내 곁을 떠날 때도 나는 붙잡지 않았어. 네 엄마가 숨 쉬고 있는 아랫배에 손을 얹고 담담하게 중얼거렸지. "네 아빠가 우릴 버렸다!" 그러곤 허리를 꼿꼿이 세우고 우아하게 앉아 아무 일도 없었던 것처럼 프랑스영화를 봤어. 심신을 안정시켜 준다는 프랑스 차도 한잔 마셨지.

그랬는데, 내가 그렇게 버텼는데 이게 뭐니? 네 엄마는 죽고, 나는 매일 밤 비탈길에 서 있는 네 꿈을 꾸고 있고. 아, 정말 시끄럽구나. 이제 그만 울어라. 옆집에서 들으면 내가 널 때리는 줄 알겠다. 네 엄마도 이렇게 울고불고 난리를 치더니, 너마저 왜 이러니? 내가 뭘 그렇게 잘못했다고. 엄마가 보고 싶은 거니? 그렇다면 이제부터 마음 단단히 먹고 엄마를 보고 싶어 하지도 마라. 네 엄마는 엄마도 아니다. 프랑스에는 미혼모는 없고 엄마만 있다더니, 다 헛소리였구나. 어떤 경우라도 자식을 낳았으면 끝까지 책임을 져야지, 죽긴 왜 죽어. 이제 와서 나보고 어쩌라고. 애야, 울지 말라니까. 네가 이렇게 계속 울면 내가 점점 더 힘들어진단다. 죄책감에 사로잡혀 삶을 이어갈 수 없을지도 모른단다. 어쩜, 피부색이 그리 다른데 우는 모습이 네 엄마와 똑같니? 아, 정말 나보고 어쩌라고. 알았다, 알았어. 그러니 이제 제발 그만 울음을 그쳐라. 네 이름이 샤샤라고 했니? 그래, 샤샤, 우리 이제 그만 울자. 다 내 잘못이다. 내가 네 엄마를 믿었어야 했어. 네 엄마가 미혼모가 아닌 엄마로 살 수 있도록 용기를 줬어야 했어. ⚡

전이영

2009년 『문학나무』 단편소설 「딸꾹질」로 신인상, 2012년 한국소설가협회 「생의
한가운데」로 '2012신예작가' 수상. 2014년 경기도 시흥시문화예술발전기금 소설
부문 수혜. 창작집 『딸꾹질』 발간. 2016년 상명대학교 문화기술대학원 소설창작
학과 석사수료. e-mail:teras365@hanmail.net

페넬로페의 이온

페넬로페의 이온

누하동 79번지의 창조자

오늘 할 일을 적은 주문노트를 펼친다. 주문받은 것을 끝내야 정작 송고해야 할 본업의 내 이야기를 시작할 수 있을 것이다. 부업이 본업이 된 토끼양말인형…… 존 업다이크의 『달려라 토끼』…… 저절로 한숨이 새어나온다. 초록과 빨강색의 부채……오르한 파묵의 『내 이름은 빨강』, 『오즈의 마법사』의 초록마녀…… 왜 이러는 걸까. 이 주문부채를 완성하기까지 내 숙제의 밀린 부채감은 계속 되겠지. 나는 한숨을 쫓고 도장주문서를 본다. 나이 35세, 직업은 중학교 수학선생, 별자리는 천칭, 띠는 양. 도장 윗면에는 Σ 부호를 넣어줘야겠다. 음각으로 이름을 파면서 보지 못한 수학선생의 건강과 그 선생에게 공부할 제자들의 건강과 또 건강한 머리회전을 바라면서 돌 칼질에

집중할 것이다. 도장 측면에는 양 문양…… 무라카미 하루키의
『양을 쫓는 모험』……. 아무래도 주문받은 것을 해결하기 전까
지 이 증세가 계속될 것 같다.

경찰, 임산부, 연인, 영업사원 등이 방문했다. 사람들은 쉴
새 없이 구경하고 가격을 묻고 내 창작의 시간들을 빼앗는다.
이야기는 시작도 못 했는데. 숙제를 온전하게 마무리하기 위해
주문받은 것의 순위를 정한다.

주문1. 양말 공예, 달나라 토끼

'싹둑'. 정말이지 뭔가 잘려나간 가위질 소리는 '싹둑'이다.
양말을 오려서야 알게 된 사실이다. 내가 좀체 버리지 못하는
문장, 사족들을 그렇게 싹둑 자르는 환상을 가져본다. 오싹한
감도 있지만 그래선지 시원했다. 내게 이야기숙제를 내준 내
스승님의 지청구가 들린다. "네 문장의 사족을 잘라라." 밀린
숙제 걱정도 싹둑 오려내고 싶다. 가위를 든다. 아깝다. 미사여
구가 될, 특히나 발가락에 해당되는 하얀 면이 이렇게 예쁘다
니. 사족을 좀체 버리지 못하는 것은 아까움에서 시작되는 창
조자만의 버릇이다. 인형이 되지 않아도 좋지 않을까. 완벽체
인 양말을 훼손하는 짓은 아닌가. 하지만 성장통은 성숙기를
가져다 줄 것이다. 나는 심호흡과 함께 '이렇게 예쁘다니'의

하얀 양말에 밑그림을 그린다. 촘촘하게 반박음질을 하고 5미
리 정도의 여분을 두고 싹둑싹둑 오려내고 라운드마다 가위집
을 낸다. 몸통을 가운데 두고 귀 두 개와 4개의 다리 형상이 뿔
난 뿔 같다. 박음질한 것을 뒤집어서 비비탄 같은 방울솜을 솜
가위로 밀어 넣는다. 귀에 적당한 살집을 만들었다. 또 다리가
될 부분에도 방울솜을 넣어준다. 양말이었던, 사족이었던 것은
귀와 다리가 생기고 토끼가 되어간다. 마지막 화룡점정. 내 글
에 내 철학을 넣듯이 눈이 될 구슬을 찾는다. 붉은색, 검정색
고민을 하다 '까만 눈동자 아가씨'를 흥얼거리며 구슬을 펜다.
보이기만 하고 먹지 못하는 토끼가 됐다. 말도 못하고 먹을 수
도 없겠지만 입은 있어야겠다. 'ㅣ'자를 만들고 실을 걸어 'ㅡ'
자를 만드니 'ㅗ'와 같은 토끼 입이 되었다. 'ㅣ'를 당기니 벤츠
문양의 입이 되어서야 끝났다. 마지막으로 내 작품이 된 것을
떠나보내기 전의 의식인 토끼와의 정면대화를 한다.

"곧 네 주인을 만날 거야. 어디서든 너를 표현하고 잘 지내
라. 어쩌면 네 주인이 될 꼬마 아가씨보다 더 사랑스러워야 할
것이야. 꼬마 아가씨는 어딜 가거나 혹은 잠을 잘 때도 너를 놓
지 않을지도 몰라. 그러므로 한동안은 사랑을 듬뿍 받게 될, 그
것이 네 역할이란다."

갈라테이아를 사랑하는 피그말리온은 어떤 자기자만의 병이
었을까. 나는 코와 입을 다문 토끼에게 어떠한 입김도 불어넣
을 수 없다. 곧 팔려나갈 토끼에게 축사 같은 이별의 당부의식

을 끝냈다. 나는 중국 신화의 '반고'처럼 천지를 만든 것도 아니고 코에 입김을 불어넣는 하느님 같은 절대자도 물론 아니다. 내 손에 의해 빚어진, 아니 오려지고 꿰매지고 속이 넣어져 토끼가 되어 나를 보고 있을 뿐이다. 어쩌나. 토끼가 사랑스럽기까지 하다니. 내 손을 곧 떠나게 될 것은 완벽해 보이기까지 한다. 마치 영혼이 담긴 것처럼. 엎어진 토끼가 혹여 숨쉬기 힘들까 일으켜준다.

주문 2. 사랑의 말, 부채

쥘부채의 대나무 마디가 리듬을 타고 손끝을 스치며 펼쳐진다. 하얀 속살을 다 드러낼 때까지 펼치니 '보시기에 좋았더라'란 말이 떠오른다. 난 몹시도 이 순간이 좋다. 이 아름다운 모양이 '부채꼴'이다.

대나무살 위에 덧댄 한지에 고린도전서 13장 4절부터 7절까지 '사랑의 말'을 사랑으로 채운다. 그림 같은 글씨다. 주문이 없었다면 이런 사랑의 말을 한 번도 써보지 못했으리라. 두이와 낙관을 찍으니 완성. 내 작품, 내 새끼들이 내 이름의 낙관이 찍혀 팔려간다. 하느님의 사랑의 말까지 포함한 값으로.

주문 3. 수제도장

요녕석에 검은색을 입힌 도장의 밑면을 석면지로 말끔하게 정리한다. 칼이 잘 나갈 것이다. 얼굴을 보지 못한 사람의 이름을 판다. 사람의 이름이 바로 읽히기 위해선 좌우반대의 대칭으로 이름자를 새겨야 한다. 오직 나만이 능숙하게 대칭자(字)를 쓸 수 있다는 생각에 어깨가 으쓱한다. 도장의 이름이 거꾸로 찍히지 않기 위해 윗면에 글자나 그림 문양을 넣어준다. 이번에는 부호 Σ의 문양을 판다. 나는 이 이름의 주인인 수학선생이 받아본 후의 표정을 연상한다. 아마 미소를 지을 것 같다. 내 얼굴에 미소가 먼저 번진 것을 보니. 도장 측면에 양 그림을 새긴다. 그리고 정면에는 주문한 복(福)자를 새기고 색을 입힌다. 세 번 덧칠한 색이 마른 것을 확인하고 스킨으로 닦아내고 로션으로 광을 낸다. 완성. 이것은 '세상에 하나밖에 없는 유일무이한 수제도장'으로 책갈피꽂이와 도장집, 인주를 넣어 정성스럽게 포장한다.

이제는 4번째 순위의 숙제를 할 수 있으려나.

숙제 4. 이야기

주문한 것을 끝내기 전까지 내가 말하고 싶은 이야기를 표현하지 못해 생기는 시간강박증이 누그러졌기를 바랄 뿐이다.

누하동 79번지, 그래서 누하친구(79) 공방, 내가 만든 상호를 마주본다. 마주본 빌라 주차장은 내 쉼터이다. 뻑뻑, 신세한탄과 함께 연기를 뿜어내는 것이 본격적인 숙제의 스타트 신호탄이다. 이제는 시간 여유도 없다. 무작정 덤빌 것이다. 주문1, 2, 3도 끝냈으니.

노트북을 켠다. 내 이야기, 내가 살아가는 이야기를 써야 한다. 그것이 내가 해야 할 숙제이다. 또 내 스승님의 목소리, "네 주변이야기, 살아가는 이야기를 마치 일기 쓰듯이 해라. 네 삶으로부터 소설이 될 것이다."가 들린다.

시선을 느낀다. 통유리 창밖에서 사람들이 사진을 찍어대고 있다. 망설이더니 안으로 들어온다. 이 꿀벌은 얼마예요? 남의 이야기, 남의 주문을 다 받아주었으니 나는 내 이야기에 몰두해야 한다. 가격표 브로슈어를 건넨다. 이 오가닉 원숭이는 얼마예요? 나는 브로슈어를 턱짓으로 가리킨다. 그들이 브로슈어에 고개를 파묻는다. 내 이야기를 쓸 수 있겠…… 땡그랑, 출입문의 풍경이 울린다. 이 갑사댕기 부채는, 족자는 얼마예요? 원하는 글도 써준다고요? 나는 고개를 끄덕이며 노트북으로 시선을 옮긴다. 이 방문객들은 원하는 답이 나올 때까지 묻고, 액세서리와 인형, 도장, 부채, 엽서, 미니어처, 열쇠고리,

가죽공예, 주얼리, 지갑 등의 사진을 찍어대고 나갈 것……, 그
러나 조용했던 손님은 내 노트북 속의 이야기를 읽고 있다.

작가세요? 난 고개를 끄덕일밖에. 이번에도 턱짓으로 책장
에 비치한 내 책들을 가리킨다. 나는 내 이야기를 쓸 것…….

오늘따라 왜 이럴까. 왜들 주문처럼 주문들을 해댈까.

작품의 재료비를 제한 남은 돈을 계산해 생활비 파우치에 집
어넣는다. 다시 숙제를 시작하기 위해서는 다시 휴식처로 갈밖
에. 거리를 지나는 사람들과 공방을 흘끗거리는 사람들을 구경
할 수 있는 위치이다. 담뱃불을 붙이려 하니 거짓말처럼 비가
내린다. 라이터를 켜기도 전에 빗방울이 담배 위에 정확히 앉
았다. 주차장의 내 오래된 차 옆에 선다. 차 앞 유리에 전화번
호가 시선을 붙잡는다. 타인을 위해선 그림 같은 글씨를 써주
면서도 내 전화번호는 볼펜으로 급하게 써놓은 흔적이다. 중이
'제 머리를 못 깎는다'는 나를 비유한 것일지도 모르겠다. 내
차에는 공방에서 파는 쿠션조차 없다. 물론 내가 수놓은 방석
도 없다. 세 시간이면 끝낼 십자수 전화번호나 캘리그라피 글
자조차도. 등받이 시트라도 만들어야겠다는 생각을 한 것도 내
애마의 역사만큼 세월이 흘렀다. 십 년이 넘은 이 차의 주인이
되었을 당시의 나는 어땠나. 나는 어떻게 변화한 걸까. 아들
이 성장했고 아파트를 샀고 수많은 미사여구를 넣은 글들을 치
장했고 취미였던 뜨개질과 바느질을 파는 장사꾼이 됐다. 이야

기꾼이고 싶었는데. 아이가 성장하는 만큼 집의 가장은 건강을 잃어갔고 노력에 비례해 없었던 아파트 대출도 늘어났다. 그래도 기분 좋게 불어난 것도 있다. 껑충 자란 키와 아빠보다 큰 신발을 신은 아들. 하긴, 아들의 키가 자랄 때마다 신발크기가 달라질 때마다 내가 팔기 위한 창조물의 숫자도 불어날밖에. 남들도 이렇게 살아가는 걸까. 처음부터 내 전화번호를 볼펜으로 써 놓지는 않았다. 그동안 전화번호숫자가 늘어났고 십자수 방석은 헤졌는데도 버리지 못한 애착까지 장롱 깊숙이 모셔져 있다. 내 애마의 역사는 어떨까. 오일은 50번쯤 넣어주었고, 윈도우 브러시도 여섯 차례 갈았고, 타이어교체도 열 번은 넘었으니 내 낡은 애마처럼 내 인생도 교체 덩어리다. 오늘은 집에 가서 장롱 깊숙이 뒤져봐야겠다. 10년이 더 된 십자수 방석이 보고 싶다.

그새 내가 나온 공방을 사람들이 들여다보고 있다. 물론 나는 그 사람들을 들여다본다. 참 이상하다. 누군가 먼저 안을 들여다보면 약속이라도 한 듯 다른 사람도 그냥 지나치지 않는다. 내 사색을 깨는 사람들, 내 이야기를 숙제로 남게 만드는 그 사람들, 우산을 쓰고 매달리듯 구경하는 사람들의 굽은 등을 확 밀어버리고 싶은 충동이 인다. 고마운 사람들인데, 하고 싶은 시간을 뺏는 사람들이기도 하다. 내 휴식도 시작도 전에 끝나고 말았다. 태우지 못하는 담배니 깡통 재떨이에 버린다. 담배 한 개비를 맛나게 피려 했으나 담배란 것은 '맛'이란 표현이 될 수 없는가 보다. 참 쓰고 매운 흔적이 손가락과 몸에 베일 뿐이다.

이야기 5. 페넬로페의 이온

나는 오늘 양말을 오려서 사랑스럽기까지 한 달나라 흰 토끼를 만들었고 한지부채에 사랑의 말들을 쓰고 두이와 내 이름, 호의 낙관을 찍어 완성했다. 그리고 잊지 않고 타인의 육체와 정신의 건강을 기원했다. 이것이 내 이야기다. 그러므로 내 이야기는 남의 주문을 대신하는 것이다. 사람들은 이런 나를 작가라고 한다. 청탁 받은 이야기는 물론 자전적이면서 타인의 이야기이기도 하다. 그것이 내 현실이고 이야기의 얼개이고 사유이기도 하다.

북촌화 되어가는 서촌, 인왕산을 뒤에 두고 통인시장을 옆에 두고 있는 동네는 통인동, 필운동, 누하동, 누상동, 옥인동, 효자동의 이름으로 나누어져 있다. 배산임수背山臨水, 배산背山은 인왕산, 임수臨水는 종로, 좌청룡左靑龍은 옥인동과 통인동 우백호右白虎는 효자동. 학이 날개를 편 가슴안쪽의 딱 요지에 앉아서 절대자처럼 흙 대신 아이디어를 보태 남의 글과 쪼가리 천들을 짜깁기해 무한한 창조 속에 갇혀서 글들을 오리고 꿰매고

파내고 쓰고 있다.

　과연 내 생활이 철학이 담긴 소설의 자원이 되고 그 자원에서 시류를 읊어주는 작가의 삶이 되는 것인가. 지금 내 현실을 거반 차지하는 공방의 삶을 기꺼이 즐기고 있는 것인가. 평소 즐겨하던 취미가 업이 되면서 즐겨하던 기쁨을 잊은 것은 아닌가. 역시 의문을 제기하는 숙제는 밀린 숙제로 인해 사색을 만들고 있는 것만큼은 분명한 이야기다. 그 이야기의 본을 뜨고 그리고 꿰매고 오리고 살을 넣고 깎아 다듬기도 하는 것들이 내 소설과 같은 구조라는 사실에 미소가 절로 나온다. 분명 내 삶이 이야기, 소설이 되고 있는 것, 그것이 오늘의 대화이다. ✦

※ 페넬로페: 오디우스의 아내
※ 이온: 플라톤의 대화

2018 주애보의 무지개
수 상
작품집

초판1쇄 인쇄 2017년 12월 21일
초판1쇄 발행 2018년 01월 05일

지은이 곽정효 외
펴낸이 윤영수
펴낸곳 문학나무

출판등록 제312-2011-000064호 1991. 1. 5.
편집실 03085 서울시 종로구 동숭4나길 28-1 예일하우스 301호
이메일 mhnmoo@hanmail.net
영업마케팅
전 화 02-302-1250 **팩스** 02-302-1251
이메일 mhnmu@naver.com

ⓒ곽정효 외, 2018
ISBN 979-11-5629-062-9 03810
잘못된 책은 바꾸어 드립니다. 지은이와 협의로 인지는 생략합니다.
무단 전재 및 복제를 금합니다.

스마트소설

박인성

문학사

2018

수상작품집

스마트소설
박인성
문학사

수상작품집